Bieniek & Band – das sind:

Christian Bieniek
wurde 1956 in Dieburg geboren. Er lebt in Düsseldorf und schreibt Bücher für Kinder und Erwachsene.

Marlene Jablonski
wurde 1978 in Danzig geboren. Sie arbeitet seit ihrem Abitur als freie Schriftstellerin in Düsseldorf.

Vanessa Walder
wurde 1978 in Heidelberg geboren. Sie arbeitete für die österreichische Jugendzeitschrift TOPIC und lebt heute als freie Schriftstellerin in Wien.

Zwei echte Profis

Bieniek & Band

Die verschwundene Ophelia

UEBERREUTER

Die Deutsche Bibliothek – CIP-Einheitsaufnahme

Zwei echte Profis / Bieniek & Band. – Wien : Ueberreuter
Bd. 3. Die verschwundene Ophelia. – 2001
ISBN 3-8000-2790-9

J 2567/1

Umschlaggestaltung von Zembsch' Werkstatt, München, unter Verwendung einer Illustration und eines Fotos von Hans-Jürgen Feldhaus

Druck: Ueberreuter Print
7 6 5 4 3 2 1

Ueberreuter im Internet: www.ueberreuter.de

Kapitel 1

Liebe Bianca!

Liebe Bianca?!?

Nein, so kann ich den Brief auf gar keinen Fall beginnen. Sonst bildet sie sich womöglich noch ein, ich wäre in sie verliebt – das fehlte gerade noch!

Nachdem ich die beiden Wörter kräftig durchgestrichen habe, denke ich über eine weniger peinliche Anrede nach. Mir fällt nur eine einzige ein: *Hallo, Bianca!* Aber das klingt so, als würde ich auf dem Schulhof hinter ihr her rufen.

Ich lasse den Kugelschreiber fallen und lehne mich zurück. Seit fast einer Stunde sitze ich bereits vor dem leeren Blatt. Wenn mir schon die erste Zeile so schwer fällt, was ist dann erst mit dem Rest des Briefes?

Eigentlich weiß ich ganz genau, was ich ihr schreiben möchte. Ich hab nur keinen Schimmer, welche

Worte ich dafür wählen soll. Ich würde ihr gern ein paar Sachen mitteilen, die ich ihr nicht sagen kann. Zum Beispiel, dass sie viel netter ist als die anderen Mädchen in unserer Klasse. Und dass ich nichts dagegen hätte, wenn wir uns nachmittags ab und zu mal treffen könnten. Aber das möchte ich nicht so schmalzig ausdrücken, dass Bianca meine Zeilen für einen Liebesbrief hält.

Seufzend stehe ich vom Schreibtisch auf und schlurfe zum offenen Fenster. Meine Mama besteht darauf, dass ich Frühlingsluft in mein Zimmer lasse. Pah – das Einzige, was hier reinkommt, sind Abgase. Unten auf der Straße tobt der Verkehr, und das vierspurig.

Ich lehne mich hinaus und halte Ausschau nach Murat. Vor zwanzig Minuten wollte er schon hier sein, um mit mir zusammen die Matheaufgaben zu machen. Leider gehört Pünktlichkeit nicht unbedingt zu seinen Stärken. Über seinem Bett hängt eine riesige Wanduhr. Warum kommt Murat nie auf die Idee, mal einen Blick darauf zu werfen?

Eine irrsinnig laute Lkw-Hupe lässt mich zusammenzucken. Erschrocken flattern ein paar Vögel davon, die auf dem Baum vor meinem Fenster gehockt haben. Waren das Sperlinge oder Meisen? Und was ist das überhaupt für eine Baumart? Eine Eiche? Eine Buche? Keine Ahnung! Dabei kenne ich den Baum schon seit über zehn Jahren, also mein ganzes Leben lang.

Es ist ein wunderschöner Montagnachmittag Anfang Mai. Seit vorgestern sind die Freibäder geöffnet. Zu gern würde ich jetzt ins Becken springen und ein paar Runden kraulen. Aber zum einen ist es noch nicht warum genug dazu. Und zum anderen bin ich nachher mit der Baronin im Altersheim zum Tee verabredet.

Ob sie einen neuen Fall für uns hat? Wahrscheinlich nicht. Als Detektive sind wir beide nun schon seit Wochen arbeitslos. Obwohl wir ständig Augen und Ohren offen halten, passiert einfach kein Verbrechen in unserer Umgebung. Zumindest keines, bei dem unsere Spürnasen gebraucht werden.

Trotz des lauten Verkehrs ist die Kirchturmuhr zu hören. Sie schlägt viermal. In einer Stunde muss ich bei der Baronin sein. Sie hasst nichts so sehr wie Unhöflichkeit und Unpünktlichkeit. Irgendwie verständlich. Wenn Murat nicht bald aufkreuzt, dann kann er wirklich was –

»Aufwachen, du Träumer!«

Murats schrille Stimme reißt mich aus meinen Gedanken. Mein Freund steht unten vor dem Hauseingang und winkt mit beiden Armen zu mir hinauf.

»Wie wär's, wenn du mir mal die Tür aufmachst? Mir tun schon die Finger weh vom vielen Klingeln!«

»Wie wär's, wenn du ausnahmsweise mal pünktlich kommst?«, rufe ich zurück. »Mir tun schon die Nerven weh vom langen Warten!«

Mit großen Schritten marschiere ich in den Flur und drücke auf den Türsummer. Eine Minute später betritt ein mürrisch dreinblickender Murat unsere Wohnung. Ehe ich mich erkundigen kann, warum er so schlecht gelaunt ist, werde ich auch schon durch die Luft gewirbelt. Murat hat nämlich den neuen Griff an mir ausprobiert, den wir am Freitag beim Judotraining gelernt haben. Mit voller Wucht knalle ich auf den Teppichboden. Mein Freund kniet über mir und hält mich mit beiden Händen am Kragen.

»Na, Benedikt?« Er grinst über beide Backen. »Was sagst du zu meiner genialen Grifftechnik?«

»Aua!«

»Mehr fällt dir nicht dazu ein?«

»Blödmann!«

Lachend lässt er mich los. »Du hättest dich ja wehren können!«

Ächzend erhebe ich mich vom Boden. »Wie denn? Dein Angriff war richtig fies, weil er so überraschend kam. Vielen Dank für die nette Begrüßung!«

»Bitte sehr!«

Er stapft voran in mein Zimmer. Grummelnd folge ich ihm. Dabei nehme ich meine Brille ab und sehe nach, ob sie auch keinen Sprung abgekriegt hat.

»Na, Emily?«, ruft Murat meiner Schildkröte zu, die gerade vor dem Bett spazieren geht. »Bist du auch so ein Weichei wie dein Herrchen?« Er bückt sich und klopft auf ihren Panzer. »Nein, du bist viel härter drauf. Vielleicht sollte ich die nächsten Judogriffe lieber mit dir üben statt mit diesem Jammerlappen da.«

»Sehr komisch!«, knurre ich.

Mit verschränkten Armen stelle ich mich ans Fenster und schaue zum blauen Himmel hinauf. Keine einzige Wolke über Hamburg – ein seltener Anblick, egal zu welcher Jahreszeit.

»Jetzt spiel nicht die beleidigte Leberwurst!« Murat hat sich neben mich gestellt und eine Hand auf meine Schulter gelegt. »Du weißt doch, dass du im Judo keine Chance gegen mich hast.«

Weil ich keine Lust habe, über dieses Thema zu reden, zeige ich nach draußen und frage: »Weißt du, was für ein Baum das ist?«

»Ja.«

»Echt?«, hake ich verblüfft nach. »Was denn für einer?«

»Ein großer.«

»Toll!« Ich ziehe eine Schnute. »Du kennst dich also mit Bäumen genauso wenig aus wie ich.«

»Na und?«

»Ist es nicht irgendwie blöd, dass wir jede Automarke kennen, aber keinen Schimmer haben, welche Vögel um uns herumflattern? Und welche Bäume auf unserer Straße stehen?«

Murat runzelt die Stirn. »Müssen wir jetzt etwa für Biologie büffeln? Ich dachte, ich bin wegen der Matheaufgaben hier. Worum geht's dabei eigentlich?«

»Das werde ich dir unterwegs erklären!«, sage ich zu Murat und will mich in Bewegung setzen.

»Wieso unterwegs?« Murat hält mich am Ärmel fest. »Ich bin doch gerade erst gekommen.«

»Aber leider nicht pünktlich. Tja, und wer zu spät kommt, den bestraft der Benedikt.«

»Na toll!«

Draußen auf der Straße erklärt mir Murat lang und breit, warum er sich verspätet hat. Weil ich alle seine Ausreden schon tausendmal gehört habe, stelle ich meine Ohren auf Durchzug. Schließlich muss ich mich auf was ganz anderes konzentrieren.

»Mensch, Benedikt!«, unterbricht Murat auf einmal sein Geplapper. »Kannst du mir bitte mal verraten, wieso du dich dauernd umschaust? Werden wir etwa verfolgt? Dann verwandle ich mich sofort in eine Kampfmaschine!«

Er bleibt stehen, nimmt eine Kampfstellung ein, sendet drohende Blicke in alle Richtungen und stößt dann einen furchtbar lauten Schrei aus.

Ich zucke erschrocken zusammen. »Spinnst du?«, fauche ich wütend. »Die Leute glotzen dich an, als hättest du 'ne Schraube locker. Nimmst du vielleicht irgendwelche Medikamente?«

»Nein!«

»Dann wird's höchste Zeit, dass du damit anfängst!«

Ich setze meinen Weg fort. Ein paar Meter weiter ist Murat wieder an meiner Seite.

»Warum hast du es so eilig?«, meckert er. »Deine alte Freundin rennt dir schon nicht weg.«

Da wäre ich mir nicht so sicher. Okay, die Baronin

ist zwar schon um die siebzig, aber immer noch verdammt fit. Bei einem 3000-Meter-Lauf hätte ich bestimmt keine Chance gegen sie.

Meiner Meinung nach hat die Baronin überhaupt nichts im Altersheim verloren. Sie kann sich problemlos um sich selbst kümmern. Sie leidet an keinerlei Gebrechen – na ja, abgesehen von krankhafter Neugier. Aber ansonsten ist sie kerngesund. Und ihr Gehirn funktioniert einwandfrei. Jedenfalls tausend Mal besser als das von Murat.

»Was ist eigentlich mit dir los?«, wundert sich mein Freund. »Seit wir vorhin bei dir raus sind, benimmst du dich irgendwie seltsam. Dauernd siehst du dich um und hörst mir gar nicht richtig zu. Wo bist du eigentlich mit deinen Gedanken?«

Zum Beispiel bei dem Fahrradkurier, der gerade auf der anderen Straßenseite vom Sattel gestiegen ist und auf eine Türklingel drückt. Wie gern würde ich mal einen Blick in seinen knallroten Rucksack werfen! Vielleicht liefert er gerade ein Kilo Drogen ab, ohne dass er was davon weiß. Oder einen Erpresserbrief. Oder eine Bombe. Oder –

»Hey, Benedikt!« Murat knufft mich in die Seite. »Ich rede mit dir. Erklär mir noch mal die ganzen Fremdwörter, die uns heute in der Mathestunde um die Ohren gehauen wurden.«

»Welche Fremdwörter?«

»Du weißt schon: Die anderen Bezeichnungen für Plus und Minus und Malnehmen und Teilen.«

»Ach die! Wieso hast du denn heute Morgen im Unterricht nicht richtig aufgepasst?«

»Weil ich mir aus Pappe ein Blasrohr gebastelt und Lydias Nacken mit Papierkugeln beschossen habe. Aber zugehört hab ich trotzdem«, behauptet er und legt seine Stirn in Falten. »Wie war das noch?«

Während er überlegt, behalte ich die Frau im Auge, die uns gerade mit einem Baby im Tragetuch entgegenkommt. Warum macht die Frau so ein glückliches Gesicht? Weil sie das Baby eben aus einem Krankenhaus geklaut hat? Oder hat sie vor zehn Minuten eine Bank überfallen? Dann könnte das Baby eine Puppe sein, in der sie die Pistole versteckt hat.

»Ich hab's!«, ruft Murat aus und verhindert dadurch, dass ich von weiteren Hirngespinsten heimgesucht werde. »Minus ist – äh – subtrahieren. Stimmt's?«

Er schaut mich fragend an. Ich nicke. Murat lächelt so stolz, als hätte ich ihm gerade sein Abiturzeugnis in die Hand gedrückt.

»Und malnehmen ist multiplizieren«, fährt er fort.

»Richtig!«

»Teilen nennt man dividieren.«

Ich staune nicht schlecht. Normalerweise kriegt Murat von der Mathestunde nur mit, wann sie anfängt und wann sie aufhört.

»Du weißt ja echt Bescheid!«, lobe ich ihn. »Jetzt fehlt nur noch Plusnehmen.«

»Plusnehmen ist – äh – Plusnehmen nennt man –« Er stockt und schaut in den blauen Himmel, um besser nachdenken zu können. Endlos lange schweigt er vor sich hin.

»Na, was ist jetzt?«, hake ich ungeduldig nach.

»Kastrieren! Kastrieren!«, schreit er so laut, dass sich eine hübsche Blondine zu uns umdreht, die gerade ihren Chow-Chow Gassi führt. »Plusnehmen heißt kastrieren!«

Fassungslos starre ich meinen Freund an.

»Jetzt bist du baff, was?« Murat strahlt mich an. »Ehrlich gesagt hatte ich keinen Schimmer, dass Mathematik so kinderleicht ist.« Er stemmt die Hände in die Hüften und verkündet: »Ich bin halt doch nicht so blöd, wie ich aussehe!«

»Stimmt – du bist noch viel blöder! Plusnehmen

heißt addieren, kapiert? Kastrieren ist ganz was anderes!«

»Echt?« Er zieht eine Schnute. »Also für mich klingt das alles ziemlich gleich. Addieren, kastrieren – wo ist da schon der Unterschied?« Stöhnend fasst er sich an die Stirn. »Wird Zeit fürs Wochenende! Von der blöden Lernerei bekomme ich nur Kopfschmerzen.«

»Falls du es nicht gemerkt hast: Wir hatten gerade Wochenende«, mache ich meinem Freund klar. »Heute ist nämlich Montag!«

»O nein! Dann dauert es ja noch eine halbe Ewigkeit bis zum nächsten Samstag. Wie soll ich bloß bis dahin durchhalten? Wenn ich jeden Tag so viele neue Sachen in mein Hirn stopfen muss, platzt mir garantiert bald der Schädel!«

Während er weiterjammert, muss ich an die Baronin denken. Soeben hat mich nämlich ein Mann überholt, der dem Polizisten ähnlich sah, der damals unsere Aussagen in den Computer getippt hat.

Ja, auf einer Polizeiwache haben die Baronin und ich uns kennen gelernt. Wo denn sonst? Wir waren beide aus dem gleichen Grund da: Wir hatten einen Unfall mit Fahrerflucht beobachtet und uns das Nummernschild des Übeltäters gemerkt. Das heißt, die Baronin hatte sich das Nummernschild gemerkt. Ich hatte es mir auf einem Stück Papier notiert. Das Gedächtnis der alten Dame ist nach wie vor besser als meines.

Das hat sie mir seitdem immer wieder bewiesen. Denn seit jenem Tag jagen wir gemeinsam Verbrecher. Und dieser Job ist so aufregend, dass ich später mal ein richtiger Detektiv werden möchte.

Die Baronin findet es auch spannender, Krimis zu erleben als sie immer nur zu lesen. Außerdem sind die Fälle im richtigen Leben viel kniffliger als die in ihren Büchern. Außer Agatha Christie schafft es kein Krimiautor, die Baronin auf der Suche nach dem Täter länger als dreißig Seiten im Dunkeln tappen zu lassen.

Plötzlich bleibe ich stehen und reiße die Augen auf. Am Straßenrand habe ich einen älteren Mann entdeckt, der an einer Autotür rüttelt. Wow, was für ein Schlitten! Es ist ein uralter, silbergrauer Straßenkreuzer mit schnittigen Kotflügeln, ungefähr doppelt so lang wie unser Opel.

»Der Kerl will das Auto aufbrechen!«, zische ich Murat zu, der ebenfalls stehen geblieben ist.

»Blödsinn!«, widerspricht er mir belustigt. »Wenn dieser nette Opa mit der Nickelbrille ein Gangster ist, bin ich Graf Dracula und esse ab sofort nur noch Blutwurst!«

Ich bleibe stur. »Glaub mir, das ist bestimmt ein Autodieb!«

»Warum fragen wir ihn nicht einfach, was er ist?«

Ehe ich ihn aufhalten kann, geht Murat lächelnd auf den Mann zu, tippt ihm auf die Schulter und fragt: »Entschuldigen Sie! Wollen Sie diesen tollen Straßenkreuzer klauen?«

Der Mann fährt herum und knurrt: »Der gehört mir leider schon. Wenn ich gewusst hätte, wie sehr die Türschlösser klemmen, hätte ich mir lieber einen Toyota mit Zentralverriegelung und Fernbedienung zugelegt!« Er zeigt auf das Schloss. »Wenn ich noch kräftiger rüttle, bricht der Schlüssel ab. Verdammte Schrottkarre!«

Wütend schlägt er mit der Faust aufs Wagendach.

Nachdem Murat mir einen triumphierenden Blick zugeworfen hat, gehen wir weiter.

»Überall vermutest du Ganoven!«, regt er sich auf. »Was soll der Quatsch?«

»Ich brauche einen Fall!«

»Hier hast du einen!«

Murat verpasst mir einen so kräftigen Stoß, dass ich

ins Stolpern gerate und mit dem Hintern auf dem Bürgersteig lande.

»Du Vollidiot!«, brülle ich Murat an. »Warum schubst du mich denn zu Boden?«

»Damit du hinfällst«, erwidert er arglos. »Du wolltest doch einen Fall! Und ich wollte dir nur helfen.«

»Wobei? Bei der Einlieferung ins Krankenhaus?«, brumme ich und stehe auf. »Du weißt ganz genau, von welcher Art Fall ich rede.«

»Interessierst du dich für Blumen?«

Ich mache ein erstauntes Gesicht. »Möchtest du mir zur Entschuldigung vielleicht ein paar rote Rosen kaufen?«

Murat zeigt mir einen Vogel.

»Was sollte dann die Frage, ob mich Blumen interessieren?«

»Bei meinem Onkel Aygün ist vorgestern eingebrochen worden«, verrät er mir.

Ich traue meinen Ohren kaum. »Ehrlich? Und das erzählst du mir erst jetzt?«

»Eigentlich wollte ich es dir schon heute Morgen in der Schule –«

»Was ist denn geklaut worden?«, unterbreche ich ihn. » Geld? Schmuck? Bilder?«

»Eine Orchidee.«

»Eine was?«

»Eine Orchidee«, wiederholt Murat. »Das ist eine Blume.«

»Das weiß ich selbst!«

»Warum fragst du dann so blöd?«

»Weil es mich überrascht, dass jemand so was klaut. Hat denn dein Onkel sonst nichts Wertvolles in seiner Wohnung?«

»Mein Onkel hat gar keine Wohnung, sondern eine Villa. In Blankenese. Hab ich dir nicht schon öfter von Onkel Aygün erzählt?«

»Ist das der irre Blumenonkel mit dem Gewächshaus im Garten?«

»Genau der!« Murat zieht einen Kugelschreiber aus der Hose. »Ich gebe dir seine Nummer, okay? Dann kannst du ihn mal anrufen. Vielleicht braucht er ja eure Hilfe.«

»Eine verschwundene Orchidee?« Ich zucke die Schultern. »Ich weiß nicht. Klingt nicht unbedingt nach einem aufregenden Fall. Da könnten wir auch gleich ein geklautes Fahrrad suchen. Kennst du jemanden, dem das Rad geklaut wurde?«

»Ja: dich.«

»Hä? Mein neues Mountainbike steht abgeschlossen in unserem Keller.«

Murat grinst. »Aber vielleicht ist es bald verschwunden. Ich kenne da jemanden, der zu gern auch so ein Rad haben möchte.«

»Fängt sein Name zufällig mit M an?«

»Super, Benedikt!«, lobt mich Murat. »Du bist wirklich ein sagenhaft guter Detektiv! Du überführst die Verbrecher, ehe sie was verbrochen haben!«

Kapitel 2

An der nächsten Kreuzung trennen sich unsere Wege. Ich gehe geradeaus weiter in Richtung Altersheim, während Murat links abbiegen muss.

»Bis morgen!«, ruft er mir hinterher. »Und erklär mir noch mal ganz genau die Sache mit der Kastration.«

»Addition!«, rufe ich zurück.

»Meine ich ja! Wir sehen uns morgen früh an der Kreuzung – falls wir bis dahin nicht blind werden!«

Murat fängt an zu lachen. Ich nicht. Den letzten Spruch habe ich schon abgezählte 483-mal von ihm gehört und finde ihn immer noch nicht besonders komisch ...

Zehn Minuten später stehe ich vor der Wohnungstür der Baronin und drücke auf ihre Klingel.

»Hereinspaziert!«, ruft die Baronin von drinnen.

Nanu? Warum öffnet sie nicht selbst? Ist sie etwa

gestürzt, hat sich dabei verletzt und kann sich deshalb nicht bewegen?

Mit Herzklopfen drücke ich die Klinke nieder und betrete die kleine Diele, die ebenso mit Büchern voll gestopft ist wie der Rest der Wohnung.

Als ich ins Wohnzimmer komme, stelle ich erleichtert fest, dass mit der Baronin alles in Ordnung ist. Sie und Herr Hoffmann sitzen einander gegenüber und spielen Schach. Ich schüttle erst der Baronin und dann ihrem Besucher die Hand und frage, ob ich störe.

»Aber keineswegs, mein Junge!«, beruhigt mich die Baronin. »Wir sind doch zum Tee verabredet. Herr Hoffmann wollte gerade gehen.«

»Wie bitte?« Herrn Hoffmanns rechte Augenbraue wandert erstaunt in die Höhe. »Wir sind doch noch gar nicht mit dem Spiel fertig.«

»Jetzt schon!«, erwidert die Baronin, zwinkert mir zu und rückt dann mit ihrer Dame drei Felder nach vorne. »Schach matt!«

Herr Hoffmann wirft einen verdatterten Blick auf die Figuren.

»Tatsächlich!«, murmelt er, während er sein spitzes Kinn massiert. »Mit diesem Zug hab ich kein bisschen gerechnet. Sie überraschen mich immer wieder, Frau von Stöver!«

Schwungvoll erhebt sich der grauhaarige Herr vom Sofa. Nachdem er sich von uns verabschiedet hat, wünscht er uns einen schönen Nachmittag und verschwindet aus der Wohnung.

»Wirklich supernett, Ihr Freund!«, bemerke ich lächelnd, worauf mich die Baronin mit einem grimmigen Blick aus ihren blauen Augen durchbohrt und in scharfem Ton erwidert: »Herr Hoffmann ist nicht mein Freund, verstanden?«

»Sondern?«

»Ich koche uns jetzt einen Früchtetee und dann kannst du mir weiter mit deinen dummen Fragen auf die Nerven gehen. Oder willst du dich lieber mit mir über unseren neuen Fall unterhalten?«

Ich bin baff. »Haben Sie denn einen?«

»Und was für einen! Komm mit in die Küche, dann verrate ich dir, worum es geht.«

Küche ist gut! Der Raum ist so winzig, dass nur ein Herd, eine Spüle, ein Kühlschrank und ein schmales Regal hineinpassen.

Während die Baronin mit ihren flinken Händen den Tee zubereitet, erklärt sie mir den neuen Fall.

»Es dreht sich um eine Entführung. Ein kleiner Junge ist gekidnappt worden, und zwar mitten auf der Straße. Am helllichten Tag wurde der kleine Kerl in ein Auto gezerrt! Es gibt nur einen Zeugen: einen blinden Bettler, der sich genau an das Geräusch des Motors erinnern kann.«

»Und weiter?«

»Keine Ahnung.«

»Wie soll denn der Bettler dem Auto des Täters auf die Spur kommen?«

Die Baronin zuckt mit den Schultern. »Woher soll ich das wissen, mein Junge? Ich bin erst auf Seite 28.«

»Ach so!«, rufe ich enttäuscht aus. »Der Fall war aus einem Krimi.«

»Woher denn sonst? Hast du etwa einen richtigen Fall für uns?«

Ich wiege langsam den Kopf hin und her. »Kann schon sein. Interessieren Sie sich für Blumen?«

»Kommt drauf an, wer sie mir schenkt.«

»Haben Sie schon mal eine Orchidee geschenkt bekommen?«

»Nicht von Herrn Hoffmann«, sagt sie schmunzelnd. Sie gießt heißes Wasser in die Teekanne. »Worum geht's denn bei dieser Orchidee, mein Junge?«

Ich erzähle ihr von dem Einbruch bei Murats Onkel. Und von der Orchidee, die dabei verschwunden ist.

»Sind diese Blumen denn so wertvoll?«, frage ich die Baronin.

»Ehrlich gesagt kenne ich mich nicht besonders gut aus mit Pflanzen«, verrät sie mir und nimmt den Kandiszucker vom Regal. »Ich weiß nur, dass sie Sonne und Wasser brauchen.«

»Gibt's denn hier im Heim keine Blumenexpertin?«

»Doch, Frau Lorenzen. Aber die kann ich leider nicht fragen.«

»Wieso nicht?«

»Weil sie letzte Woche gestorben ist. Gehirnschlag. Im Schlaf.«

»Hm.«

Ich weiß nicht, was ich dazu sagen soll. Beim Thema Tod weiß ich eigentlich nie, was ich sagen soll. Hoffentlich ändert sich das noch im Lauf der Zeit. Sonst kann ich später als Detektiv keine Mordfälle übernehmen.

»Sollen wir Murats Onkel einfach mal anrufen?«, schlägt die Baronin vor. »Es kann ja sein, dass er unsere Hilfe braucht. Hast du seine Nummer?«

Ich ziehe den linken Ärmel meines Sweatshirts nach oben.

»Ist das ein Tattoo?« Die Baronin zeigt auf meinen Unterarm. »Oder soll das bedeuten, dass du dich nicht mehr wäschst?«

»Das bedeutet nur, dass ich keinen Zettel dabei hatte, als mir Murat eben die Nummer von Onkel Aygün geben wollte. Ich hab ihn gebeten, die Zahlen groß und deutlich zu schreiben. Können Sie sie lesen?«

»Sogar auf dreißig Meter Entfernung!«

Wenige Sekunden später hat die Baronin ihren Telefonhörer in der Hand und wählt die Nummer.

»Hier ist Baronin von Stöver«, meldet sie sich. »Spreche ich mit Onkel Aygün?«

Sie fängt an zu kichern. »Entschuldigen Sie, Ihr Nachname ist mir unbekannt. – Aha, Ertekin. Na schön, Herr Ertekin, kommen wir gleich zur Sache. Ich habe von Ihrer verschwundenen Orchidee gehört. Wie viel ist die eigentlich wert?«

Die Baronin hält die Luft an.

»Unbezahlbar? Hm, das klingt ganz schön teuer«, meint sie sichtlich beeindruckt. »Was gedenkt die Polizei in dem Fall zu tun? – Also das Übliche.«

Die Baronin wirft mir einen spöttischen Blick zu.

»Nein, an Ihrer Stelle würde ich mich auch nicht einzig und allein auf die Polizei verlassen. – Was sagen Sie da? Sie brauchen Detektive? Nicht nötig, Herr Ertekin: Sie haben schon welche!«

Kapitel 3

Am Nachmittag darauf machen die Baronin, Murat und ich uns auf den Weg zu Herrn Ertekin. Wir wollen den Tatort genau unter die Lupe nehmen.

In der Straßenbahn unterhält uns Murat mit Witzen, die er am Abend zuvor in einer Comedyshow aufgeschnappt hat. Die Baronin und ich haben die Show ebenfalls gesehen und Murat das auch deutlich gesagt. Doch das hält meinen Freund nicht davon ab, uns noch einmal mit den Gags zu nerven.

»Echt toll hier in Blankenese!«, schwärmt Murat beim Aussteigen. »Jede Menge Grün! Und eine teure Villa neben der anderen!«

Die Baronin wirft meinem Freund einen verwunderten Blick zu. »Sag mal, hast du noch keinen Krampf in den Lippen? Seit über einer halben Stunde quasselst du nun schon ohne die kleinste Unterbrechung.«

»Na und?«, erwidert Murat grinsend. »Mein Quatschrekord liegt bei über sieben Stunden. So lange habe ich schon mal ohne Pause geredet.«

»O nein!«, seufzt die Baronin. »Hoffentlich willst du diesen Rekord heute nicht brechen.«

»Keine Angst, ich kann auch schweigen.«

»Wann denn?«, frage ich ihn.

»Wenn ich schlafe.« Er gähnt. »Vielleicht mache ich ein kleines Nickerchen in Onkel Aygüns Garten. Da müsste jetzt alles blühen. Früher hatte er eine Hollywoodschaukel zwischen den Rosenbeeten stehen.«

»Bist du denn öfter dort zu Gast?«, fragt ihn die Baronin.

Murat schüttelt den Kopf. »Mein Onkel ist ein merkwürdiger Typ und furchtbar gern allein. Er ist der Einzige in der Familie, der sich nicht für die Familie interessiert. Immerhin ruft er ab und zu mal an und unterhält sich dann lange mit mir.«

»Aha, also ein echter Sonderling«, stellt die Baronin fest. »Wäre kein Wunder, wenn ich mich gut mit ihm verstehen würde.«

Das Haus von Herrn Ertekin entpuppt sich als zweistöckige, schneeweiße Prachtvilla mit einem äußerst gepflegten Vorgarten.

Murat drückt auf die Klingel. Eine große, schmächtige Frau mit blassem Gesicht und einem schwarzen Zopf öffnet die Tür. Sie trägt eine rote Schürze und dürfte etwa so alt sein wie meine Mutter.

»Hallo, Murat!«, begrüßt sie meinen Freund herzlich und drückt ihm die Hand. »Wen hast du denn da mitgebracht?«

»Das hier sind Benedikt und die Baronin«, stellt er uns vor. »Die Detektive. Und das ist Frau Möller, Onkels Putzfrau.«

»Haushälterin!«, verbessert ihn Frau Möller.

»Jedenfalls sorgt sie für lupenreine Sauberkeit in Onkels gigantischem Schloss.«

Frau Möller winkt ab. »So riesig ist das Haus gar nicht, wie es von außen wirkt. Kommen Sie doch bitte herein!«

Wir folgen der netten Haushälterin ins Wohnzimmer. Es ist ungefähr so groß wie unsere ganze Wohnung und voll gestopft mit schweren Ledersesseln, drei Sofas, alten Bauernschränken und übervollen Bücherregalen. Pflanzen gibt es hier nicht nur in Vasen und Blumentöpfen, sondern auch auf gerahmten Fotos an den Wänden.

Murat zeigt auf den Kamin. »In dem Ding könnte

man glatt ein Wildschwein am Spieß grillen«, behauptet er nicht ganz zu Unrecht. Dann wendet er sich an Frau Möller und fragt: »Wo steckt denn mein Onkel?«

»Herr Ertekin befindet sich gerade im Gewächshaus, müsste aber jeden Moment hier auftauchen.«

»Da wäre ich mir nicht so sicher«, sagt Murat. »Wenn sich mein Onkel mit seinen Blumen beschäftigt, kann ihn nichts und niemand davon losreißen. Na ja, außer seiner vollen Blase vielleicht. Aber meistens geht er aufs Klo, bevor er seine Blumen besucht. Dann kann es sich manchmal um Tage handeln, bis er wieder aus dem Gewächshaus kommt.«

»Na hör mal!« Frau Möller ist empört. »Wie redest du bloß über deinen Onkel? Er wäre richtig geschockt, wenn er das gehört hätte. Wo bleibt denn dein Anstand?«

»Den hat er zu Hause gelassen«, mische ich mich ein. »Wie immer!«

»Blödmann!«, faucht Murat. »So empfindlich, wie Frau Möller ihn schildert, ist mein Onkel gar nicht.«

»Da irrst du dich, mein Junge!«, widerspricht die Haushälterin. »Seit die Orchidee verschwunden ist, hat sich Herr Ertekin in eine Mimose verwandelt.«

»Was soll das heißen?«, erkundigt sich die Baronin.

»Na ja, er ist so empfindlich wie ein kleines Kind und regt sich über jede Kleinigkeit auf. Allerdings gibt es auch Stunden, in denen er völlig weggetreten ist und es nicht mal merken würde, wenn ich ihm seinen Bart abrasieren würde. So ähnlich hat sich meine Tochter auch aufgeführt, als mein Mann und ich –« Sie stockt und streicht sich mit beiden Händen über die Schürze.

»Als was passiert ist?«, hakt die Baronin neugierig nach.

»Ach, nichts«, versucht Frau Möller abzuwiegeln. Doch nachdem sie tief durchgeatmet hat, fährt sie fort: »Meine Tochter war völlig durcheinander, als sie ihr Gartenparadies verloren hatte. Genau wie Herr Ertekin wegen seiner verschwundenen Orchidee. Wir haben früher in einem kleinen Häuschen gewohnt, wissen Sie. Mit einem kleinen, aber wunderschönen Garten. Nachdem mein Mann und ich uns getrennt hatten, mussten wir das Haus verkaufen. Ich weiß bis heute nicht, wen Sabine mehr vermisst – ihren Vater oder ihren Garten. Ob im Sommer oder im Winter: Fast jede freie Sekunde hat Sabine bei ihren geliebten Blumen und ihren zwei Bäumen verbracht, einer Birke und einer Pappel. Und jetzt –« Sie breitet die

Hände aus. »– jetzt leben wir in einer kleinen Dreizimmerwohnung auf der vierten Etage. Wenn wir aus den Fenstern schauen, sehen wir auf die Mülltonnen im Hof. Und die sind leider nicht ganz so schön wie ein Rosenbeet.«

»Aber tausendmal nützlicher«, sagt Murat, der sich in einen der Ledersessel hat fallen lassen.

Plötzlich springt er grinsend auf die Beine und eilt zur Tür. Soeben ist nämlich sein Onkel aufgetaucht, ein mittelgroßer, mittelschwerer Mann mit Mittelscheitel und Vollbart, der eine grüne Schürze und Gummistiefel trägt. Und eine große Brille mit ganz starken Gläsern, hinter denen seine Augen groß wie Untertassen wirken.

Während ihm Murat zwei Küsschen auf die Wangen verpasst, huscht ein schwaches Lächeln über Herrn Ertekins Gesicht, das jedoch im Nu wieder verschwindet.

»Darf ich dir die Detektive vorstellen?«, fragt Murat.

»Gleich«, antwortet sein Onkel leicht verlegen. »Ich – äh – ich muss da noch schnell was erledigen.«

Damit dreht er sich um und setzt sich mit großen Schritten in Bewegung.

»Die volle Blase!«, ruft Murat aus und grinst Frau

Möller an. »Hab ich's nicht gesagt? Mein Onkel ist nur aus dem Gewächshaus gekommen, weil er aufs Klo muss.«

»Und weil er eine Verabredung mit deinem Freund und seiner Oma hat«, sagt Frau Möller.

Murat schüttelt den Kopf. »Erstens hat er die Verabredung schon völlig vergessen. Und zweitens ist das nicht Benedikts Oma.«

»Sondern?«

»Seine Freundin.«

Frau Möller sieht verblüfft von der Baronin zu mir und wieder zurück.

»Keine Angst, die beiden lieben sich nicht!«, beruhigt Murat die Haushälterin. »Die lieben nur ihre Fälle.«

»Äh – hm – ähem.«

Das ist alles, was Frau Möller dazu einfällt.

Herr Ertekin kehrt zurück ins Wohnzimmer, ohne Schürze und Gummistiefel. Er trägt ein blaues Hemd, eine graue Cordhose und karierte Pantoffeln.

Gähnend stellt Murat, der anscheinend todmüde ist, seinen Onkel der Baronin und mir vor. Wir schütteln uns artig die Pfoten und werden dann vom Hausherrn aufgefordert, vor dem Kamin Platz zu nehmen. Frau Möller fragt uns, was wir trinken möchten. Die Baronin entscheidet sich für grünen Tee, Murat und ich bitten um Limonade und Herr Ertekin hätte gern ein Glas Wasser.

»Was Blumen zum Wachsen und Gedeihen bringt, das kann für uns Menschen auch nur gesund sein«, erklärt er.

Worauf Murat bemerkt: »Blumen lassen sich auch gerne von Hunden bepinkeln. Das wäre für uns Menschen sicher nicht sehr gesund, Onkel Aygün!«

Die Baronin und ich lachen darüber, doch Herr Ertekin verzieht keine Miene. Er lehnt sich zurück, verschränkt die Arme und mustert die Baronin.

»Sind Sie wirklich Detektivin?«, fragt er sie mit gerunzelter Stirn.

»Na klar!«, mischt sich Murat ein. »Und Benedikt ist auch einer. Die beiden sind zwei echte Profis! Hast du noch nie was von ihnen gehört? Die haben schon zig Fälle gelöst!«

Herr Ertekin wirft Murat einen strengen Blick zu. »Können Benedikt und die Baronin nicht für sich selbst sprechen?«

»Natürlich können sie das«, antwortet Murat. »Aber warum sollten sie das tun? Sie haben doch mich dabei, die größte Quatschtante nördlich von Istanbul. Du weißt doch, wie gerne ich mich reden höre, Onkel Aygün. Stundenlang könnte ich mir zuhören und mich dabei über mich selbst kaputtlachen.«

»Dann solltest du das auch tun«, empfiehlt ihm sein Onkel. »Aber bitte draußen im Garten.«

»Hast du noch deine alte Hollywoodschaukel?«

»Nein, schon lange nicht mehr.«

»Na schön, dann schlafe ich eben hier 'ne Runde!«, meint Murat gähnend und rollt sich zusammen. »Auf diesem Ledersessel ist ja mehr als genug Platz. Gute Nacht, Leute!«

»Gute Nacht!«, wünschen wir drei ihm im Chor.

Kaum hat Murat die Augen geschlossen, kommt die Baronin zur Sache.

»Also, wie war das mit der Orchidee, Herr Ertekin? Wann genau ist sie verschwunden?«

»Vor drei Tagen. Mitten in der Nacht. Ich hatte einen schrecklichen Albtraum, in dem mein Gewächshaus abgebrannt ist. Plötzlich weckte mich ein Geräusch aus dem Wohnzimmer. Ich dachte sofort an Einbrecher, ging an meinen Schrank und suchte ihn tastend nach dem Tennisschläger ab, mit dem ich mich bewaffnen wollte. In der Dunkelheit konnte ich meine Brille nicht finden. Licht wagte ich nicht zu machen. Ganz vorsichtig bewegte ich mich durchs Zimmer, den Tennisschläger in der Hand. Bis zur Tür brauchte ich eine halbe Ewigkeit. Der Weg durch den Flur und dann die Treppe hinunter war ebenfalls endlos. Ein Wunder, dass ich nicht gestolpert bin und mir ein paar Knochen gebrochen habe.«

»So wie letztes Jahr«, meldet sich Murat zu Wort. »Da bist du doch über diese Schnur gefallen, als du mit dem Handy –«

»Gute Nacht!«, rufen die Baronin und Herr Ertekin der Schwatzbacke zu.

Frau Möller kommt mit den Getränken. Murat leert sein Glas Limonade in einem einzigen Zug.

»Du wirst Bauchschmerzen kriegen«, prophezeit ihm sein Onkel.

»Das war die Limo wert«, entgegnet Murat, leckt sich selig über die Lippen und schließt wieder die Augen.

»Sie kamen also im Dunkeln die Treppe herunter«, sagt die Baronin und greift nach ihrer Teetasse. »Und dann?«

»Die Wohnzimmertür stand einen Spaltbreit offen. Ich warf einen Blick hinein. Und da sah ich ihn.« Nein,

Herr Ertekin sieht kein bisschen wütend aus, nur furchtbar traurig. Ehe er weiter erzählt, nimmt er einen Schluck Wasser. »Der Kerl war ein Riese, mindestens zwei Köpfe größer als ich. Er stand vor dem Wandsafe, mit einem Werkzeug in der Hand.«

»Konnten Sie sein Gesicht erkennen?«, will die Baronin wissen.

Herr Ertekin schüttelt seinen Kopf. »Er hatte sich irgendwas über den Kopf gezogen. Aber auch ohne diese Mütze hätte ich sein Gesicht nicht deutlicher sehen können. Ohne Brille bin ich nämlich so blind wie ein Maulwurf.«

Automatisch greife ich nach meiner Brille um sie ausgiebig zu putzen.

»Das stimmt!«, mischt sich Murat wieder ein. »Als Onkel Aygün uns an Muttis Geburtstag besucht hat, putzte er sich mal die Brille. Und dabei stand er vor unserem Kleiderständer und schwärmte ihm was von seinem Lieblingskaktus vor.«

»Der hielt wenigstens seine Klappe!«, knurrt er gereizt. »Wolltest du nicht ein Nickerchen machen?«

»Das mache ich schon längst«, erwidert Murat mit geschlossenen Augen. »Ich kann doch nichts dafür, dass ich auch noch im Schlaf rede.«

»Warum haben Sie nicht die Polizei gerufen?«, frage ich Herrn Ertekin.

»Weil alles viel zu schnell ging. Der Einbrecher warf plötzlich einen Blick zur Tür und sah mich dort stehen. Prompt ließ er sein Werkzeug in einen kleinen Koffer fallen und rannte an mir vorbei aus dem Haus. Dabei fiel mir der große Rucksack auf, den er umgeschnallt hatte. Dass er darin meine geliebte Ophelia transportierte, wurde mir erst am nächsten Morgen klar. Da entdeckte ich im Gewächshaus, dass mein Meisterwerk verschwunden war.«

»Ihre Orchidee heißt Ophelia?«, fragt die Baronin.

Herr Ertekin nickt. »Hätte er doch den Safe aufgebrochen und alles mitgenommen, was ich dort drin aufbewahre! Das ist ja nur Geld und Schmuck. Aber nein: Dieser gemeine Verbrecher hat mir das gestohlen, was mir am meisten am Herzen lag.«

»Sind Sie sehr wohlhabend?«, erkundige ich mich.

»Ohne Ophelia bin ich der ärmste Mann der Welt«, jammert Herr Ertekin.

»Red keinen Quatsch, Onkel!«, murmelt der angeblich schlafende Murat. »Du hast so viel Kohle, dass du drin baden könntest.«

»Du selbst badest ja nicht mal in Wasser, hat mir

deine Mutter verraten«, gibt Herr Ertekin zurück. Er wendet sich an die Baronin und mich und erklärt: »Vor zwanzig Jahren gründete ich eine Immobilienfirma, mit der ich sehr erfolgreich geworden bin. Letztes Jahr habe ich sie verkauft und kümmere mich seitdem nur noch um meine Blumen.«

»Aha«, sagt die Baronin. »Haben Sie vielleicht ein Foto von Ihrer Ophelia?«

»Eins?«, brummt Murat. »Das ganze Wohnzimmer ist mit Bildern von ihr tapeziert.«

»Mein Neffe übertreibt mal wieder«, sagt Herr Ertekin und erhebt sich aus dem Sessel. »Hier hängen auch Fotos von anderen Blumen.«

Er nimmt ein Bild von der Wand, das links neben dem Kamin hängt, und gibt es der Baronin.

»Na?«, seufzt er. »Wie gefällt Ihnen dieses Prachtstück? Das ist eine der aktuellsten Aufnahmen von Ophelia. Sie wurde bei einem Wettbewerb gemacht, den wir gewonnen haben. Ophelia war wirklich die Schönste von allen! Jeder hat mich um sie beneidet. Der Zweitplatzierte wollte sie mir sogar abkaufen, und zwar zu einem astronomischen Preis. Als ich sein Angebot ablehnte, bekam er einen richtigen Tobsuchtsanfall und –«

Murats Onkel stockt und reißt die Augen auf.

»Bin ich ein Idiot!« Er fasst sich an den Kopf. »Warum hab ich nicht gleich daran gedacht? Ophelia wurde mir von niemand anderem als diesem Neidhammel gestohlen! Er hat einen Einbrecher beauftragt, mir die Orchidee zu klauen!«

Während Herr Ertekin weiterschimpft, fällt mein Blick auf den Zeitungsständer neben meinem Sessel. Darin stecken jede Menge Zeitschriften, die garantiert alle was mit Blumen zu tun haben. Ob ich mal eine von ihnen durchblättern soll, um mehr über Orchideen zu erfahren? Die ganze Zeit über frage ich mich schon, was so wertvoll an dieser Blume sein soll.

Ich strecke die Hand nach einer der Zeitschriften aus. Da entdecke ich einen Zettel auf dem Teppich, den Frau Möller wohl beim Staubsaugen übersehen hat. Ich knülle ihn zusammen und stecke ihn ein. Dann schnappe ich mir ein Magazin mit dem Titel *Blühendes Leben*. Beim Durchblättern finde ich jede Menge exotischer Blumen, die ich noch nie gesehen habe, aber Orchideen sind nicht darunter.

Herr Ertekin regt sich immer noch über den Mann auf, den er für den Auftraggeber des Einbrechers hält.

»Wie heißt er denn?«, erkundigt sich die Baronin.

»Sievering«, schnaubt Murats Onkel. »Bernhard Sievering. Warten Sie, ich hole seine Adresse.«

Er steht auf und rauscht aus dem Wohnzimmer.

Die Baronin und ich stecken einstweilen die Köpfe zusammen.

»Und?«, flüstere ich. »Was meinen Sie? Sollen wir den Fall übernehmen?«

»Was meinst du?«, fragt sie zurück.

»Na ja, vielleicht ist er nicht so spannend wir Ihr Fall mit dem entführten Jungen und dem blinden Augenzeugen, aber dafür ist er wenigstens echt.«

»Du hast Recht!«, sagt die Baronin, während sie Ophelias Foto auf ihrem Schoß betrachtet.

»Wahrscheinlich ist es gar nicht so schwer, einer dermaßen seltenen Blume auf die Spur zu kommen.«

»Abwarten, Benedikt!«

Herr Ertekin erscheint wieder auf der Bildfläche, ein schwarzes Notizbuch in der Hand.

Nachdem er uns Herrn Sieverings Adresse verraten hat, trinkt die Baronin ihren Tee aus und steht auf. Ich rutsche ebenfalls vom Sessel und stoße Murat in die Seite.

»Hey, was soll das?«, faucht er mich an.

»Aufstehen! Wir hauen ab!«

»Ich – ich kann nicht«, ächzt er. »Ich hab schreckliche Bauchschmerzen!«

»Möchtest du noch ein Glas Limonade?«, fragt ihn sein Onkel.

»Ja, bitte!«, antwortet Murat mit schwacher Stimme. »Und eine große Kotztüte!«

Herr Ertekin muss lachen. »Du bist ein großer Witzbold, Murat! Weißt du was? Du solltest in meinem Gewächshaus als Komiker auftreten.«

»Hä?«

»Die anderen Blumen sind genauso betrübt über Ophelias Verschwinden wie ich. Vielleicht könntest du sie wieder aufheitern.«

Murat reißt die Augen auf. »Spinnst du? Ich soll Pflanzen zum Kichern bringen? Das ist der größte Schwachsinn, den ich je gehört habe.«

»Ich gebe dir dafür zwanzig Mark.«

Mit einem Satz springt Murat vom Sofa. »Das ist das größte Angebot, das ich je bekommen habe!«, freut er sich und marschiert mit großen Schritten zur Tür. »Hoffentlich lachen sich deine Blumen nicht tot!«

Kapitel 4

»**Was willst du denn** schon wieder bei der Baronin?«, wundert sich Murat am Nachmittag darauf, als wir an einer roten Ampel Halt machen. »Du hast doch erst gestern den halben Tag mit ihr verbracht. Langweilst du dich dort nicht zu Tode?«

»Nein. Ich bin gerne bei ihr. Sie ist keine Langweilerin, sondern eine sehr nette –«

»Oma«, beendet Murat meinen Satz.

»Irrtum!«, verbessere ich ihn. »Sie wäre eine Oma, wenn sie Enkelkinder hätte. Hat sie aber nicht.«

Die Ampel springt auf Grün. Wir überqueren den Zebrastreifen.

»Außerdem arbeiten wir gerade an einem Fall«, erinnere ich meinen Freund. »Und da muss man sich eben öfter mal treffen. Das ist nicht so wie bei unseren Hausaufgaben! Da mache ich die ganze Arbeit und du schreibst einfach von mir ab. Bei der Baronin und mir ist eben Teamwork angesagt.«

Er begleitet mich ein Stück zur Baronin, weil er seinen Cousin Orhan besuchen will. Der betreibt neuerdings in der Nähe des Altersheims einen Gemüseladen.

»Was sagen eigentlich deine richtigen Großeltern dazu, dass du ständig bei der Baronin rumhängst?«, erkundigt sich Murat.

»Das ist denen völlig schnuppe. Schließlich wohnen die alle viel zu weit weg, als dass ich sie öfter sehen könnte. Warum sollten die wegen der Baronin –«

Plötzlich bleibt mein Freund stehen und ballt die Fäuste.

»Mist!«, kreischt er und verzieht dabei das Gesicht. »Mist! Mist! Mist!«

»Wo?«

Ich sehe mich nach allen Seiten um, aber nirgends ist ein Hundehaufen zu entdecken.

»Mist!«, wiederholt Murat. »Mist!«

Ich schnuppere, kann jedoch nichts Verdächtiges riechen. Vorsichtshalber werfe ich einen Blick unter meine Schuhsohlen, erst unter die linke, dann unter die rechte Sohle.

»Was machst du denn da?«, wundert sich Murat.

»Du regst dich doch über Mist auf. Wieso eigentlich?«

»Mist?« Er zeigt mir einen Vogel. »Ich ärgere mich nur über mein mieses Gedächtnis. Mein Cousin Orhan wollte unbedingt das Video mit dem neuen Eddie-Murphy-Film zurückhaben, das er mir vorgestern geliehen hat. Jetzt muss ich noch mal nach Hause latschen«, stöhnt er. »Kommst du mit?«

»Sonst noch was?«

Murat zieht eine Schnute und mault: »Du bist wirklich 'n toller Freund!«

»Ich weiß!«, erwidere ich gelassen. »Darum lasse ich dich auch dauernd abschreiben. Tschüs!«

Ich winke ihm zu und stapfe davon.

Kurz darauf stehe ich allein im Wohnzimmer der Baronin und blättere in irgendeinem Krimi, den ich aus dem Regal gezogen habe. Nachdem sie mir die Tür geöffnet hat, ist sie schnell ins Badezimmer gerauscht und hat geflötet: »Nur noch zwei Minuten!«

Die dauern jetzt schon fast eine Viertelstunde. Was treibt die Baronin denn so lange im Bad? Ist sie in der Wanne ertrunken? Oder auf dem Klo eingeschlafen?

»So, ich bin fertig!«

Mit diesen Worten taucht die Baronin im Wohnzimmer auf. Sie trägt ein schwarzes Kostüm, eine weiße Bluse und ein rotes Halstuch und dreht sich wie ein Tanzbär vor mir im Kreis. »Na, wie gefalle ich dir, mein Junge?«

»Prima!«

»Und was sagst du zu meinem neuen Make-up?«

»Welches Make-up?« Auf ihrem Gesicht ist nichts davon zu sehen. »Wo haben Sie das denn aufgetragen? Auf Ihren Fußnägeln?«

Die Baronin lächelt zufrieden. »Wenn man es nicht erkennen kann, dann ist es ein sehr gutes Make-up!«

»Und dafür haben Sie stundenlang gebraucht? Ist doch total sinnlos, sich was ins Gesicht zu pinseln, das man gar nicht sieht!«

»Aber es macht Spaß!«, behauptet die Baronin.

»Die Schminkerei?«

»Nein, das Schminkzeug zu kaufen. Und jetzt haben wir genug gequatscht über Kosmetik! Schließlich ist Herrn Ertekin kein Fläschchen Nagellack gestohlen worden, sondern eine Orchidee. Hast du dich inzwischen schlau gemacht über diese Blumen?«

»Ich?« Ich starre die Baronin entgeistert an. »Wieso ich? *Sie* wollten sich doch informieren.«

»Quatsch!« Sie nimmt ihre schwarze Handtasche vom Garderobentisch und öffnet die Wohnungstür. »Da musst du gestern etwas völlig falsch verstanden haben.«

»Unmöglich! So etwas verstehe ich doch nicht falsch!«

»Und ich schon, wie?« Mit grimmiger Miene schließt die Baronin ihre Wohnung ab. »Wir sind wirklich ein tolles Team! Jetzt machen wir uns auf die Suche nach einer Blume, von der wir beide nicht den leisesten Schimmer haben. Wahrscheinlich würden wir sie nicht mal wiedererkennen, wenn wir gleich im Treppenhaus über sie stolpern würden.«

Unten auf der Straße stößt die Baronin einen Seufzer aus und grummelt: »Das wird echt peinlich, wenn wir gleich bei diesem Herrn Sievering reinschneien und ihn über Ophelia ausquetschen wollen. Der merkt doch gleich, was für großartige Blumenexperten wir sind. Hast du denn wirklich nichts über Orchideen in Erfahrung gebracht?«

»Doch. Heute Morgen war ich in der Schulbibliothek und hab mir aus einem Pflanzenbuch die Namen der wichtigsten Orchideenarten aufgeschrieben. Hier ist der Zettel.«

Ich greife in die Hosentasche und drücke der Baronin einen zerknüllten Zettel in die Hand. Sie faltet ihn auseinander und liest: »Wäscherei Rüttling.« Sie runzelt die Brauen. »Das ist ein Abholschein für eine Wäscherei. Weigert sich deine Mutter neuerdings, deine schmutzigen Klamotten zu waschen?«

»Den Zettel habe ich in Herrn Ertekins Wohnung aufgehoben«, fällt mir ein. »Ich dachte, das wäre Müll.«

»Hm.« Die Baronin macht ein nachdenkliches Gesicht. »Warum sollte er seine Sachen in eine Wäscherei bringen? Er hat doch eine Haushälterin, die sicher auch für seine Wäsche zuständig ist.«

»Sie meinen, der Zettel gehört vielleicht gar nicht ihm?«

»Schon möglich. Vielleicht hat ihn der Einbrecher verloren.«

»Dann wäre er aber ganz schön dumm!«

Die Baronin schmunzelt. »Gäbe es keine dummen Ganoven, dann wären alle Gefängnisse leer. Steck den Zettel wieder ein und heb ihn gut auf.«

Ich gehorche.

»Und jetzt schau mich mal an, Benedikt!«

»Warum?«

Ich mustere sie kurz von der Seite.

»Sehe ich mehr nach Straßenbahn oder Taxi aus?«, fragt sie mich allen Ernstes.

»Äh –«

»Also nehmen wir ein Taxi!«, entscheidet sie und zückt ihr Handy. »Ich rufe uns eins!«

Als wir im Wagen sitzen, fragt die Baronin: »Du verstehst also absolut nichts von Blumen?«

»Kein bisschen. Ich bin zwar ganz gut in Biologie, aber vor allem deshalb, weil ich mich mit Ameisen auskenne. Auf diesem Gebiet bin ich ein absoluter Experte.«

»Und was ist mit dem Zettel, auf dem du die Namen der wichtigsten Orchideenarten notiert hast? Durchsuch doch mal deine Taschen!«

Ich winke ab. »Hab ich schon gemacht. Den muss ich in meine Schultasche gesteckt haben«, vermute ich.

»Kannst du dich denn nicht wenigstens an einen der Namen erinnern?«

Den Rest der Fahrt verbringe ich damit, mir den Kopf über diese verdammten Namen zu zerbrechen. Beim Aussteigen fällt mir einer ein – aber erst nachdem mir die Baronin mit ihrem linken Absatz auf den Fuß getreten ist.

»Frauenschuh!«, schreie ich. »Frauenschuh!«

»Ach nee!«, entgegnet die Baronin. »Was soll ich denn sonst an den Füßen tragen? Ein Paar Reitstiefel?«

»Nein, Frauenschuh ist der Name einer der Orchideenarten.«

»Bist du sicher?«

Ich nicke heftig. »Die anderen Namen fallen mir auch noch ein.«

»Zu spät!«

Die Baronin zeigt auf das Haus, vor dem das Taxi uns rausgelassen hat. Das muss die Villa von Herrn Sievering sein. Sie ist nicht ganz so groß wie die von Murats Onkel, wirkt jedoch um einiges luxuriöser.

»Hier wohnt garantiert kein armer Mann«, murmelt die Baronin, während wir uns dem Eingang nähern.

Der goldene, blitzblank polierte Klingelknopf sieht so edel aus, dass ich mir den Zeigefinger an der Hose abwische, ehe ich auf ihn drücke.

»O nein!«, zischt die Baronin plötzlich. »Ich hab dir ja gar nichts von meinem Plan erzählt. Weißt du, als was ich mich jetzt ausgeben werde?«

»Nein.«

Die Baronin öffnet den Mund – doch in diesem Moment öffnet sich auch die Tür. Ein schlaksiger, hoch gewachsener Butler steht vor uns. Er sieht genauso aus wie die Butler in alten Filmen: Glatze, Schnauzer, Segelohren, schwarze Hose, weiße Weste und eine undurchdringliche Miene.

»Sie wünschen?«

Seine Stimme hätte tief und würdevoll klingen müssen, hört sich aber an wie das Piepsen einer heiseren Maus.

»Mein Name ist Rosemarie Edelweiß«, beginnt die Baronin mit einem strahlenden Lächeln. »Ich bin Redakteurin der Zeitschrift *Originelle Orchideen*. Das hier ist unser junger Blütenexperte Robert Holzheim.«

»Hey, was sind das für Leute?«

Neben dem Butler ist ein pickeliger Junge mit dunkelbraunen Haaren aufgetaucht, höchstens vier Jahre älter als ich. Er mustert uns von oben bis unten und fragt: »Was wollt ihr? Betteln?«

»Nein, ein Interview«, antwortet die Baronin und stellt uns beide dem seltsamen Knaben vor. »Ich schreibe an einer Serie über die besten Orchideenzüchter Europas und würde mich gerne mit Herrn Bernhard Sievering unterhalten. Ist er zufällig zu Hause?«

»Ja«, sagt der Junge. »Mein Vater ist da.«

»Könntest du ihn vielleicht mal holen?«

»Könnte ich!«, erwidert der Junge und bewegt sich nicht vom Fleck. »Und James könnte es auch.«

Er zwinkert dem Butler grinsend zu. Der zwinkert zurück, allerdings ohne einen weiteren Muskel als den im Gesicht zu bewegen.

»Geht es auch jetzt sofort?«, fragt die Baronin weiter.

»Klar geht das!«

»Worauf wartest du dann noch?«

»Auf den Osterhasen!«, sagt der Junge, kichert drauflos und verschwindet von der Bildfläche.

»Stimmt was nicht mit dem armen Kerl?«, erkundigt sich die Baronin beim Butler.

»Pubertät«, antwortet er kurz und knapp.

Worauf mir die Baronin zuraunt: »Das blüht dir auch noch, Benedikt!«

»Robert!«, verbessere ich sie leise.

»Treten Sie bitte ein«, fordert uns der Butler auf. »Ich führe Sie ins Wohnzimmer, wo Sie auf Herrn Sievering warten können. Ich bin mir sicher, dass er einen Teil seiner wertvollen Zeit für Sie erübrigen kann.«

Eine Minute später versinke ich im weichsten Sofa, auf dem ich mich je niedergelassen habe.

»O Gott!«, stöhnt die Baronin, die sich neben mich

gesetzt hat. »Ohne Kran komme ich hier nie wieder hoch. Woraus ist dieses Sofa gebaut? Aus Schokoladenpudding?«

Sie versucht wieder aufzustehen. Ich will ihr dabei helfen und drücke ihren Rücken nach vorne.

»Guten Tag, die Herrschaften!«

Die Baronin ist so überrascht, dass sie das Gleichgewicht verliert und ins Stolpern gerät. Sie landet in Herrn Sieverings Armen.

»Nicht so stürmisch, gnädige Frau!«, ruft er lachend aus. »Darf ich mich vorstellen? Bernhard Sievering!«

Er drückt ihre Hand und verbeugt sich dabei. Sie nickt ihm gnädig zu und sagt: »Ich bin Rosemarie Edelweiß. Und das ist mein Assistent Robert Holzheim, der Blütenexperte unserer Zeitschrift *Originelle Orchideen.*«

Ich stehe auf und schüttle Herrn Sieverings Hand. Er ist nur ein paar Zentimeter größer als ich und trägt eine blaue Bundfaltenhose und ein rotes Hemd. Sein Gesicht ist so braun gebrannt, als hätte er gerade drei Wochen in der Karibik verbracht.

»Um ehrlich zu sein: Von Ihrer Zeitschrift habe ich noch nie was gehört.«

»Kein Wunder«, sagt die Baronin. »Die erste Ausgabe erscheint erst in zwei Monaten. Wenn Sie wollen, kann ich Ihnen ein Exemplar schicken.«

»Gerne. Mein Butler sagte mir, dass Sie eine Serie über die besten europäischen Orchideenzüchter schreiben.«

»Stimmt«, sage ich, weil ich auch mal was sagen will. Herr Sievering schaut mich so gespannt an, als erwarte er weitere Einzelheiten von mir über die Serie. Da ich nicht weiß, was ich dazu sagen soll, wiederhole ich noch einmal: »Stimmt!«

»Wir würden Sie gerne ausführlich über Ihre Arbeit als Züchter interviewen«, erklärt die Baronin und holt einen Kuli und ein kleines Notizbuch aus der Handtasche.

»Setzen wir uns doch!«, schlägt Herr Sievering vor.

Diesmal entscheidet sich die Baronin für einen der drei Sessel, während ich wieder auf das Sofa sinke.

Zunächst stellt sie Herrn Sievering ein paar allgemeine Fragen. Wir erfahren, dass er eigentlich Notar ist und erst seit vier Jahren Orchideen sammelt und züchtet. Dennoch konnte er in dieser kurzen Zeit eine der bedeutendsten Sammlungen Norddeutschlands aufbauen, die er in seinem Gewächshaus untergebracht hat.

»Bist du tatsächlich trotz deiner jungen Jahre ein so exzellenter Blütenexperte, dass du für eine Zeitschrift arbeiten kannst?«, unterbricht er plötzlich seine Ausführungen und durchbohrt mich mit einem misstrauischen Blick.

»Ja.«

Er scheint mir nicht zu glauben, was ich allerdings an seiner Stelle auch nicht tun würde. Darum wundert es mich nicht, dass er mir unbedingt auf den Zahn fühlen möchte.

»Stell mir doch eine Frage über meine Orchideen«, bittet er mich.

Ich räuspere mich ausgiebig, aber das kann ich natürlich nicht bis zum Ende unseres Besuches fortsetzen. Darum frage ich ihn schließlich: »Wie – äh – wie ist das denn mit den Ameisen?« Die erwähne ich nur, weil ich mich so gut mit ihnen auskenne. »Welche Ameisenarten tummeln sich denn auf Ihren Orchideen?«

»Ameisen?« Der Züchter starrt mich an, als hätte er mich nicht richtig verstanden. »Tummeln? Auf meinen Orchideen?«

»Ja. Ameisen.«

Erst ringt Herr Sievering vergeblich nach Worten.

Dann wird er plötzlich von einem Lachanfall überwältigt. »Das war echt gut, mein Junge!« Er kriegt sich gar nicht mehr ein. »Ameisen! Auf meinen Orchideen!«

Die Baronin schaut mich an und verdreht dabei die Augen. Ich breite entschuldigend die Hände aus. Sie wendet sich wieder an den Züchter und fragt: »Können wir uns denn mal Ihre Orchideen genauer ansehen?«

Sofort verstummt das Lachen. »Das ist zurzeit unmöglich«, bedauert Herr Sievering. »Meinen fünf Meisterwerken, die ich Ihnen am liebsten zeigen würde, geht es seit einigen Tagen nicht besonders gut. Richtig schlapp sehen sie aus und die Farben verblassen immer mehr. Woran das liegt? Das würde ich auch gerne wissen. Ich habe schon alles versucht: mehr gießen, weniger gießen, gut zusprechen, etwas vorlesen, streicheln. Nichts hat geholfen. Jetzt habe ich einen Experten aus Südamerika angerufen, der sich die Orchideen mal anschauen soll. Der kann jedoch leider erst in drei Wochen kommen. Hoffentlich halten meine Blumen bis dahin durch.«

»Zufällig kenne ich einen ausgezeichneten Orchideenarzt, der sich darauf spezialisiert hat, abgeschlaffte Orchideen wieder fit zu machen«, behauptet die

Baronin. »Herrn Doktor Hoffmann. Ich könnte ihn ja mal anrufen und ihn bitten, Ihre Orchideen genauer unter die Lupe zu nehmen. Leider kann ich Ihnen nicht versprechen, dass er auch wirklich vorbeikommt. Er ist ein viel beschäftigter Mann, müssen Sie wissen. Aber einer alten Freundin wie mir wird er sicher keinen Gefallen abschlagen können.«

»Sie sind ja ein Goldschatz!«, jubelt Herr Sievering und springt von seinem Sessel hoch.

Sekunden später hält die Baronin ein Telefon in der Hand und wählt Herrn Hoffmanns Nummer. Was ihr alter Verehrer wohl davon halten wird, dass wir ihn als Orchideenspezialisten ausgeben? Wahrscheinlich wird er annehmen, die Baronin hätte den Verstand verloren.

»Hallo, Herr Doktor Hoffmann!« So freundlich hat sie ihn sicher noch nie begrüßt. »Gut, dass ich Sie erreiche! Wir haben hier einen Notfall! Sie müssen so schnell wie möglich herkommen. Es geht um Leben und Tod!«

Muss die Baronin denn so gnadenlos übertreiben? Der arme Herr Hoffmann hat doch keinen Schimmer, wovon die Rede ist.

Während die Baronin sich weiter mit ihrem Heimnachbarn unterhält, versuche ich Herrn Sievering abzulenken. Dann kann die Baronin vielleicht Herrn Hoffmann kurz zuflüstern, worum es eigentlich geht.

»Sagen Sie, Herr Sievering, interessiert sich Ihr Sohn auch für Orchideen?«

»Thomas? Nein, nicht im Geringsten. Für ihn ist alles Unkraut, was in meinen Gewächshäusern blüht. Vor ein paar Wochen hat er mir mal eine Orchidee geklaut, um sie einem Mädchen aus seiner Klasse zu schenken. Mein Gott, was habe ich da getobt! Zur Strafe bekam er keinen achten Fernseher.«

Ich reiße verdattert die Augen auf. »Hat er denn schon sieben?«

»Ja. Er möchte gerne in seinem Zimmer eine ganze Wand aus Fernsehern aufbauen. Aber auf den achten Apparat muss er nun bis Weihnachten warten. Tja, und jetzt hasst er meine Orchideen, weil sie ihm so großen Ärger eingebracht haben!«, fügt er betrübt hinzu.

Aber vielleicht hasst er sie auch, weil sich sein Vater bestimmt tausendmal mehr um seine Blumen als um seinen Sohn kümmert.

Die Baronin hat das Gespräch mit Herrn Hoffmann beendet.

»Sie haben Glück, Herr Sievering!«, verkündet sie lächelnd. »Herr Hoffmann kommt gleich vorbei. Sein Terminkalender ist zwar voll, aber er kann einen Teil seiner wertvollen Zeit für Sie erübrigen. In einer Viertelstunde untersucht er Ihre kranken Orchideen.«

Herr Sievering ist total gerührt. »Großartig! Meine Blumen werden ihm ewig dankbar sein!«

Falls sie Herrn Hoffmanns Untersuchungen überleben ...

Kapitel 5

Der falsche Blumendoktor ist pünktlich.

Genau fünfundzwanzig Minuten nach dem Telefongespräch öffnet der Butler die Wohnzimmertür. Mit verwirrter Miene und einem altmodischen Arztkoffer in der Hand kommt Herr Hoffmann herein. Er trägt einen dunkelgrünen Anzug mit einer roten Rose im Knopfloch.

Die Baronin stellt ihm Herrn Sievering vor, der sich bei Herrn Hoffmann überschwänglich für dessen Besuch bedankt. Dann schlägt er ihm ohne Umschweife vor, ins Gewächshaus zu gehen und einen Blick auf die fünf Patienten zu werfen. Obwohl uns der Züchter nicht ausdrücklich dazu aufgefordert hat, schließen die Baronin und ich uns den beiden an.

Hinterm Haus liegt kein Garten, sondern ein kleiner Park mit Kieswegen und Bänken und Statuen und zig Bäumen und einer Unmenge von Blumen. Das Gewächshaus entpuppt sich allerdings eher als ein Häuschen. Ich hatte es mir viel größer vorgestellt und nicht so eng und niedrig. Trotzdem stehen hier Hunderte von Orchideen herum, in allen Größen und Farben und Formen.

Nachdem wir eingetreten sind, drückt Herr Sievering jedem von uns einen Mundschutz in die Hand.

»Wofür soll das gut sein?«, fragt die Baronin erstaunt.

»Damit keine Bazillen übertragen werden können.«

»Das ist aber sehr rücksichtsvoll von Ihnen, unsere Gesundheit zu schützen«, lobt ihn die Baronin.

»Wieso Ihre? Mir geht es nur um die Gesundheit meiner Blumen!«

Wir setzen den Mundschutz auf und werden dann von Herrn Sievering zu einem kleinen Ecktisch aus Marmor geführt, auf dem seine fünf Sorgenkinder unter einer Wärmelampe aufgestellt sind. Obwohl ich keine Ahnung von Pflanzen habe, stelle ich auf den ersten Blick fest, dass es sich um wahre Prachtexemplare von Orchideen handelt. Die mittlere sticht ganz besonders ins Auge. Sie ist fast einen Meter hoch und hat wunderschön geschwungene Blätter und farbenprächtige Blüten. Dass irgendwas nicht mit ihnen stimmt, kann ich beim besten Willen nicht erkennen.

»Herrlich!«, schwärmt die Baronin. »Solche fabelhaften Orchideen habe ich hier in Hamburg bisher nur bei einem Züchter entdeckt, und zwar bei Herrn Ertekin. Kennen Sie ihn zufällig?«

»Alle Züchter kennen ihn«, entgegnet Herr Sievering in frostigem Ton. »Seine Sammlung findet jeder beeindruckend, der sich für Orchideen interessiert.«

»Sie auch?«

»Wir wollen Doktor Hoffmanns wertvolle Zeit nicht mit Geplauder über Herrn Ertekin verschwenden«, brummt der Züchter mürrisch. »Sehen Sie sich meine fünf kränkelnden Meisterwerke bitte genau an, Herr Doktor.«

»Mit Ansehen allein ist es nicht getan.« Herr Hoffmann öffnet sein Köfferchen. Das hat er sich bestimmt von einem Heimnachbarn ausgeliehen, der früher mal Arzt gewesen ist.

Nanu, was bringt denn Herr Hoffmann da zum Vorschein? Ein Fieberthermometer! Der Züchter ist genauso verblüfft wie die Baronin und ich.

»Was wollen Sie denn damit?«, wundert sich Herr Sievering.

»Die Temperatur messen.« Herr Hoffmann steckt das Thermometer in den linken Blumentopf, zieht es sofort wieder heraus, wirft einen Blick darauf und steckt es in den nächsten Topf. Am Ende dieser Untersuchung wiegt er bedächtig den Kopf.

»Ist die Blumenerde zu kalt oder zu warm?«, will Herr Sievering wissen.

»Weder noch«, antwortet der Doktor. »Die Erde hat kein Fieber, ist aber auch kein bisschen unterkühlt.«

»Aha. Und was bedeutet das?«

»Dass die Blumenerde genau die richtige Temperatur hat«, erwidert Herr Hoffmann nicht besonders scharfsinnig. »Wollen wir mal sehen, ob die Pflanzen auch genügend Luft bekommen.«

Er bringt ein Stethoskop zum Vorschein. Herr Sievering glotzt ihn so entgeistert an, als hätte Herr Hoffmann gerade ein Krokodil aus der Arzttasche gezaubert.

»So, meine Liebe«, sagt Herr Hoffmann zur mittleren Orchidee, nachdem er das Stethoskop in die Ohren gestöpselt hat. »Jetzt hol bitte mal ganz tief Luft und sag dann A!«

»Wieso A?«, fragt der Züchter. »Die Orchidee hat doch keine Halsschmerzen.«

»Das ist richtig!«, sagt der falsche Doktor. »Sie hat nicht mal einen Hals. Und darum kann sie auch nicht A sagen. Und Luft holen kann sie übrigens auch nicht.«

»Aber Sie haben doch eben –«

»Mein lieber Herr Sievering!«, unterbricht Herr Hoffmann den Züchter und fuchtelt mit einem erhobenen Zeigefinger vor dessen Nasenspitze herum. »Dürfte ich Sie bitten, mich in Ruhe meiner Arbeit nachgehen zu lassen? Vielen herzlichen Dank!«

»Wir möchten auch nicht stören«, sagt die Baronin schnell. »Darum machen wir mal einen Rundgang durchs Gewächshaus. Vielleicht entdecken wir eine Orchidee, die wir aufs Titelbild unserer Erstausgabe bringen können.«

Von wegen! Die einzige Orchidee, nach der wir Ausschau halten, ist Ophelia. Doch dummerweise können wir beide uns nicht mehr so genau daran erinnern, wie sie ausgesehen hat.

»Aber du hast doch das Foto betrachtet, das mir Herr Ertekin in die Hand gedrückt hat!«, zischt die Baronin.

»Sie doch auch!«, zische ich zurück. »Für mich sehen alle Blumen hier so aus wie Ophelia! Wieso haben wir das Foto nicht mitgenommen?«

»Weil es riesig war und in einem Rahmen steckte, du Schlauberger! Das kann man nicht in einer Handtasche transportieren, sondern höchstens in einem Koffer.«

Wir kehren zum Ecktisch zurück. Herr Hoffmann hat das Abhören der fünf leidenden Pflanzen beendet. Er nimmt das Stethoskop aus den Ohren und stößt einen tiefen Seufzer aus. Herr Sievering platzt fast vor Neugier.

»Wie sieht's aus, Herr Doktor?«

»Nicht gut«, antwortet Herr Hoffmann. »Ich konnte keinen Herzschlag hören.«

»Was sicher daran liegt, dass Orchideen kein Herz haben«, mischt sich die Baronin ein, wahrscheinlich aus Angst, ihr Verehrer könnte allzu großen Mist verzapfen.

»Aber eine Seele haben die Blumen sehr wohl«, behauptet der Züchter.

Herr Hoffmann pflichtet ihm bei und bückt sich, um das Stethoskop zurück in die Arzttasche zu legen. Dabei entdeckt er ein paar Glassplitter am Boden. Er hebt sie auf, betrachtet sie aufmerksam und schnuppert daran.

»Das ist von einem Reagenzglas«, stellt er fest. »Und in dem Glas dürften irgendwelche Chemikalien drin gewesen sein.«

»Thomas!«, brüllt Herr Sievering und schlägt mit der rechten Faust auf den Tisch. »Er hat einen Chemiebaukasten! Wetten, dass er meine geliebten Orchideen abmurksen wollte?«

»Warum sollte er das tun?«, fragt die Baronin.

»Weil er sie hasst! Wegen einer Orchidee, die er mir geklaut hat, muss er bis Weihnachten auf seinen achten Fernseher verzichten.« Verzweifelt wendet er sich an Herrn Hoffmann. »Gibt es denn nichts, was meine Blumen wieder gesund machen kann?«

»Doch«, antwortet der ohne zu zögern. »Beethoven, achte Sinfonie in F-Dur, zweiter Satz.«

»Äh – ich verstehe nicht ganz, Herr Doktor!«

»Diese Musik hören Orchideen am liebsten«, meint Herr Hoffmann. »Spielen Sie ihnen jeden Tag dreimal dieses Stück von Beethoven vor, dann werden sich Ihre Blumen sicher wieder erholen.«

»Und wie schütze ich sie vor weiteren Giftanschlägen meines Sohnes?«

»Indem Sie sich öfter mit ihm beschäftigen«, rate ich Herrn Sievering, der mich daraufhin mit großen Augen anschaut. »Wahrscheinlich hasst er Ihre Pflanzen nur, weil Sie sich viel mehr für sie interessieren als für Ihren Thomas. Wenn ich Ihr Sohn wäre, hätte ich wahrscheinlich schon längst das ganze Gewächshaus in die Luft gejagt!«

Der Züchter nimmt langsam den Mundschutz vom Gesicht und denkt nach. Auf einmal legt er eine Hand auf meine Schulter und sagt: »Du verstehst nicht nur was von Pflanzen, sondern auch von Vätern und Söhnen.«

Mittlerweile hat sich Herr Hoffmann mit einer Spritze bewaffnet.

»Dann wollen wir mal«, verkündet er entschlossen und macht sich mit der Nadel an einer Blüte zu schaffen. »Jetzt nehme ich den Orchideen etwas Blut ab!«

»Nichts da!«, entscheidet die Baronin schroff. »Sie packen jetzt Ihren Krempel ein und begleiten uns hinaus, Herr Doktor! Bei mir zu Hause wartet ein kranker Kaktus auf Sie, den Sie unbedingt operieren müssen.«

»Wie denn?«

»Indem Sie sich draufsetzen!«

Kapitel 6

»**Bleib mal stehen, Murat!**«, bitte ich meinen Freund auf dem Heimweg und nehme die Brille ab. »Ich hab was im rechten Auge!«

»Lass mal sehen!«

Er zieht das Augenlid hoch.

»Was ist es?«, frage ich. »Eine Fliege? Eine Wimper?«

»Bianca!«, knurrt er.

»Hä?«

»Du hast Bianca im Auge, die gerade mit Lydia über die Straße gegangen ist.«

»Red keinen Quatsch!«

»Mir kannst du nichts vormachen, Benedikt. Meinst du, ich merke nicht, wie du sie anstarrst? Bianca ist dir schon vor Monaten ins Auge gefallen. Seitdem glotzt du sie ständig so begeistert an, als wäre sie 'ne Riesenportion Fruchteis!«

»Blödsinn!«

Ich reibe mein rechtes Auge, bis ich wieder klar sehen kann. Dann setze ich die Brille auf und gehe weiter.

Kichernd holt Murat mich ein und nervt mich mit weiteren dummen Sprüchen über Bianca. Klar, er hat Recht – Bianca ist mir wirklich alles andere als gleichgültig. Und sobald sie auftaucht, wandern meine Blicke automatisch in ihre Richtung. So wie jetzt. Auf ungefähr gleicher Höhe mit uns spaziert sie neben ihrer Freundin Lydia die andere Straßenseite entlang. Sie trägt ein rotes Kleid und eine weiße Strumpfhose. Ihre Giraffenbeine scheinen über Nacht noch ein Stück gewachsen zu sein. Wenn das so weitergeht, ist sie bald einen Kopf größer als ich.

Weil ich über Murats Geplapper kein Wort verliere, wechselt er schließlich das Thema.

»Wie läuft es eigentlich mit eurem Orchideenfall?«, erkundigt er sich.

»Das hab ich dir doch schon vorhin in der großen Pause erzählt.«

»Wirklich? Und wieso hab ich da nicht zugehört?«

»Woher soll ich das denn wissen?«

»Hm.« Murat denkt kurz nach. Dann stößt er mich in

die Seite und meint: »Ich war zu müde zum Zuhören, weil ich davor in der Mathestunde schon die ganze Zeit zugehört hatte. Das war höchst interessant, was Herr Breuer über das Kastrieren erzählt hat.«

»Addieren! So gut hast du anscheinend doch nicht zugehört, du Spinner!«

In diesem Moment verabschiedet sich Bianca von ihrer Freundin Lydia und biegt in eine Seitenstraße ein. Kurz darauf ist sie meinen Blicken entschwunden. So ein Mist, dass wir heute schon wieder kein einziges Wort miteinander gewechselt haben! Auf dem Schulhof ist mir Bianca zwar mehrmals über den Weg gelaufen, aber ich wusste einfach nicht, was ich sagen sollte.

»Was ist denn jetzt mit dem Orchideenfall?« Murat lässt nicht locker. »Hat dieser andere Züchter, den ihr gestern besucht habt, Onkel Aygüns Blume geklaut?«

»Vermutlich nicht«, antworte ich. »Die Baronin behauptet, Herr Sievering wäre nicht fies genug, um sich eine Orchidee durch einen Diebstahl beschaffen zu wollen.«

»Der Kerl hat also nichts verbrochen?«

»Nein, er hat nur das Herz seines Sohnes gebrochen.«

»Echt? Ist das Herz denn jetzt in Gips?«

Ich stöhne auf. »Das ist doch nur so 'ne Redensart, du Witzbold! Natürlich hat Herr Sievering seinem Sohn nicht wirklich das Herz gebrochen.«

»Sondern den Arm?«

Ehe ich was darauf erwidern kann, meint Murat grinsend: »Ich mach doch nur Spaß! Glaubst du etwa, ich hab keine Ahnung, was diese Redensart bedeutet?«

»Bei dir kann man nie wissen!«

Ich erzähle ihm, dass Herr Sievering sich in den letzten Jahren nur um seine Orchideen gekümmert und seinen Sohn Thomas völlig links liegen gelassen hat. Und dass die Baronin den Züchter für reichlich plemplem, aber ansonsten für ziemlich harmlos hält.

»Und was macht ihr jetzt?«, fragt Murat.

»Uns streiten. Ich hab nämlich einen wichtigen Zettel verloren, den ich bei deinem Onkel gefunden habe. Und deshalb ist die Baronin stinksauer auf mich.«

Und ich auf sie. Schließlich hätte sie den Zettel gestern selbst einstecken können statt ihn mir wieder zurückzugeben. Sie weiß doch ganz genau, dass ich nicht der ordentlichste Junge im ganzen Universum bin.

Heute Morgen habe ich die ganze Wohnung nach dem Wäschereizettel abgesucht, ihn aber nirgends gefunden. Nach dem Frühstück gestand ich der Baronin am Telefon, dass ich den Zettel verloren hatte. Vor Wut hätte sie fast in ihren Hörer gebissen! Sie haute mir Schimpfwörter um die Ohren, von denen ich gar nicht wusste, dass die Baronin sie überhaupt kennt.

»Sollen wir gemeinsam nach dem Zettel suchen?«, schlägt Murat vor. »Sechs Augen sehen mehr als zwei.«

»Du meinst vier!«

»Nein, sechs. Meine zwei Hühneraugen hab ich auch dazugezählt. Ich komme noch auf einen Sprung mit dir hinauf in eure Wohnung, okay? Den finden wir schon, diesen verdammten Zettel! Hast du denn schon in deiner Hosentasche nachgeschaut?«

»Toller Tipp!«, lobe ich ihn. »Auf diese Superidee wäre ich ja nie gekommen!«

Er zeigt auf meine grauen Jeans. »Hast du die denn gestern überhaupt angehabt?«

»Du hast Recht!« Ich haue Murat auf die Schulter. »Jetzt weiß ich, wo der Zettel steckt: In den roten Jeans! Die hab ich nämlich gestern getragen. O Mann, bin ich blöd! Wieso hab da nicht nachgeguckt? Los, komm!«

Ich renne los, verfolgt von Murat. Schon zehn Meter vor unserer Haustür zücke ich den Schlüssel. Im Treppenhaus setzen wir zum Endspurt an. Und oben in der Wohnung rasen wir im Affenzahn durch den Flur und stürmen in mein Zimmer. Vor Schreck steckt meine Schildkröte Emily ihren Kopf in den Panzer.

Wir suchen das ganze Zimmer ab, aber die roten Jeans bleiben unsichtbar.

»Frag doch mal deine Mutter!«, fordert Murat mich auf.

Ich gehe in den Flur und rufe: »Mutti! Wo hast du meine roten Jeans versteckt?«

Schweigen. Wahrscheinlich ist sie gerade einkaufen gegangen. Plötzlich höre ich ein Geräusch. Aus dem Badezimmer. Nein, das ist weder die Dusche noch die Badewanne. Das ist –

»Die Waschmaschine!«, schreie ich voller Entsetzen.

Murat kommt angelaufen. Drei Sekunden später knien wir vor der laufenden Waschmaschine. Als die Wäschetrommel kurz stehen bleibt, erkennen wir sie deutlich: meine roten Jeans! Wahrscheinlich hat sich der Zettel aus der Wäscherei schon längst aufgelöst. Wenn ich das der Baronin erzähle, macht sie mich bestimmt zur Schnecke!

»Tja, damit können wir den Orchideenfall abhaken«, murmle ich betrübt. »Die einzige heiße Spur, die wir hatten, lernt gerade schwimmen.«

»Vielleicht auch nicht«, erwidert Murat. »Meine Mutter holt immer alles aus den Taschen und schmeißt es weg, ehe sie eine Hose von mir in die Waschmaschine steckt. Macht das deine Mutter nicht auch so?«

»Kann schon sein.«

»Sollen wir mal euren Abfalleimer genauer unter die Lupe nehmen?«

Begeistert bin ich zwar nicht von dieser Idee, aber das stört Murat kein bisschen. Entschlossen marschiert er in die Küche, schnappt sich den Abfalleimer und schüttet ihn einfach auf dem Kachelboden aus.

»Igitt!« Angewidert verziehe ich das Gesicht. »Das sieht ja ekelhaft aus!«

»Was?«, fragt Murat ungerührt. »Die verwelkten Blumen? Die Reste vom Gulasch? Die Köttel von Emily?«

»Alles zusammen!«

Murat greift mit spitzen Fingern in den Müll und fischt ein zerknülltes Blatt heraus. Nachdem er es entfaltet und einen Blick draufgeworfen hat, schneidet er eine Grimasse.

»Ist das widerlich!«, regt er sich auf. »Hoffentlich krieg ich keinen Ausschlag, weil ich dieses Dreckszeug angefasst habe.«

»Was soll das denn sein?«

»Ein Liebesbrief!«

Ich rupfe ihm das Blatt aus der Hand und werde knallrot dabei.

»Das ist kein Liebesbrief, du Idiot!«, widerspreche ich energisch und stopfe das Blatt schnell in meine Hosentasche.

»Sondern? Da steht *Liebe Bianca* drauf. Und dass du sie magst und dich gerne in den Sommerferien öfter mit ihr treffen würdest. Das soll kein Liebesbrief sein?«

»Das wäre ein Liebesbrief, wenn ich ihn abgeschickt hätte. Aber wo hast du ihn entdeckt, hä? In einem Briefkasten oder im Müll?«

»Liebesbriefe sind auch dann Müll, wenn sie im Briefkasten stecken«, behauptet Murat. »Außerdem hättest du ihn garantiert abgeschickt, wenn ihn deine Mutter nicht vorher aus deinen schmutzigen Jeans gekramt und weggeschmissen hätte.«

»Nein, hätte ich nicht«, widerspreche ich giftig. »Ich hätte mich niemals getraut, den Brief abzuschicken.«

»Und wieso nicht?«

»Na ja, weil – weil mir Bianca dann vielleicht auch einen Liebesbrief geschrieben hätte. Und dann hätte ich mich nie mehr getraut sie anzuschauen. Geschweige denn mit ihr zu reden.«

»Sag ich doch: Liebe ist Müll!«

Er stöbert weiter in dem Dreck herum. Wenn jetzt meine Mutter hereinkommen würde, würde sie bestimmt einen Schreikrampf kriegen. Und ich wahrscheinlich vier Wochen lang kein Taschengeld mehr.

»Beeil dich!«, dränge ich Murat. »Wir müssen das ganze Zeug wieder in den Abfalleimer schaufeln.«

»Wieso wir? Ich hab nichts damit zu tun. Schließlich suche ich *deinen* Zettel und nicht meinen. Und da ist er auch schon!«

Mitten im Gulasch hat er den Abholschein der Wäscherei entdeckt. Er drückt ihn mir in die Hand, steht auf und sagt: »Auftrag erledigt, Boss! Ich muss jetzt nach Hause und zu Mittag essen. Falls ich noch Appetit habe«, fügt er mit einem Seitenblick auf den Müll hinzu. »Viel Spaß beim Aufräumen!«

Mit diesen Worten verschwindet er aus der Küche. Kichernd geht er durch den Flur. Nachdem er die Wohnungstür hinter sich geschlossen hat, schaue ich voller Panik auf den Abfallhaufen zu meinen Füßen. Ohne Gummihandschuhe rühre ich dieses Zeug nicht an. Aber wo soll ich welche herkriegen?

Ich reiße alle Schränke auf und suche hektisch nach den Handschuhen. Im allerletzten Schrank finde ich endlich welche. Doch ehe ich sie mir überstreifen kann, steht meine Mutter in der Tür, starrt fassungslos auf die stinkende Bescherung auf dem Küchenboden und durchbohrt mich anschließend mit einem mörderischen Blick.

Zur Erklärung halte ich den Abholschein in die Luft. »Wäscherei.«

»Sauerei!«, faucht meine Mutter mich an. »In fünf Minuten ist der Dreck wieder im Abfalleimer verschwunden, kapiert?«

Sie rauscht hinaus. Seufzend ziehe ich die Gummihandschuhe an, mache mich an die Arbeit und frage mich dabei verzweifelt, wieso es keinen Judogriff gibt, mit dem man den Brechreiz bekämpfen kann.

Kapitel 7

Schach ist mir zu kompliziert!

Die Baronin hat zwar schon mehrere Male versucht, mir die Regeln zu erklären, aber ich kann mir einfach nicht merken, welche Figuren sich wie bewegen dürfen.

»Aber das ist doch kinderleicht!«, behauptet die Baronin etwas genervt und erhebt sich von ihrem Sofa. »Ich konnte schon Schach spielen, ehe ich in die Schule kam. Willst du lieber was anderes spielen? Zum Beispiel Mensch-ärgere-dich-nicht?«

»Sonst noch was?«, brumme ich. »Ich bin nicht vier Jahre alt, sondern zehn!«

»Na und? Ich bin mehr als ein halbes Jahrhundert älter als du und hab immer noch Spaß an Mensch-ärgere-dich-nicht!«

Sie geht in die Küche und kommt mit zwei

Schokoriegeln wieder. Einen davon drückt sie mir in die Hand. Den anderen reißt sie auf und beißt hinein.

»Was machen deine Eltern eigentlich an so einem schönen Samstagnachmittag?«, fragt sie kauend und hockt sich auf die Sofalehne.

»Die sind an die Nordsee gefahren, nach St. Peter-Ording. Da gibt's einen unheimlich breiten Strand.«

Auf dem ich jetzt auch in der Sonne liegen könnte, wenn ich nicht zusammen mit der Baronin auf einen wichtigen Anruf warten würde.

Gestern sind wir in die Wäscherei Rüttling gegangen, haben den Abholschein auf die Theke gelegt, den ich auf Herrn Ertekins Teppich gefunden habe, und bekamen einen schwarzen Anzug ausgehändigt.

Heute Morgen rief die Baronin in der Wäscherei an und tat so, als sei sie total verwirrt. Sie erzählte der Frau am anderen Ende der Leitung, sie hätte den Anzug für einen Bekannten abgeholt, an dessen Name, Adresse und Telefonnummer sie sich beim besten Willen nicht mehr erinnern könne. Ob die Dame vielleicht so freundlich wäre, dem Herrn ihre Nummer zu geben, falls er in der Wäscherei aufkreuzen würde?

Natürlich erklärte sich die Frau aus der Wäscherei dazu bereit.

Und darum sitzen wir jetzt schon seit drei Stunden in der Wohnung der Baronin und warten auf den Anruf.

»Was machen wir denn, wenn er heute nicht anruft?«, frage ich sie, während ich das Papier von meinem Schokoriegel abreiße.

»Frag mich lieber, was wir machen, wenn er anruft!«, erwidert sie. »Dann möchte er bestimmt gleich vorbeikommen. Das kann ganz schön gefährlich werden – ein kleiner Junge und eine alte Frau allein mit einem gefährlichen Einbrecher!«

»Ich bin nicht klein!«

»Und ich nicht alt! Und wahrscheinlich ist der Einbrecher auch gar nicht gefährlich, wenn er nicht gerade einbricht. Falls der Abholschein überhaupt dem Einbrecher gehört. Es könnte ja sein, dass gleich Herr Ertekin bei uns anruft. Oder irgendjemand, der mal bei ihm zu Gast gewesen ist und den Zettel im Wohnzimmer verloren hat. Oder es wäre auch denkbar, dass –«

Das Telefon klingelt. Die Baronin springt auf und schnappt sich den Hörer.

»Von Stöver«, meldet sie sich und nickt mir dann aufgeregt zu. »Ja, da sind Sie richtig. Wie ist Ihr Name?

– Tja, Herr Köpke, Ihr Anzug wartet hier auf Sie. Ich hatte am Mittwoch drei Blusen in die Wäscherei gebracht und muss gestern beim Abholen wohl den falschen Schein vorgelegt haben, nämlich Ihren. – Wie ich an den Schein gekommen bin? Das kann ich Ihnen gleich erzählen, wenn Sie den Anzug bei mir abholen wollen.«

Sie verrät ihm ihre Adresse und legt dann auf.

»Klang ziemlich aufgeregt, der gute Herr Köpke«, sagt sie. »Würde mich nicht wundern, wenn er was mit der verschwundenen Ophelia zu tun hätte.«

»Meinen Sie?«

»In zehn Minuten ist er hier«, erfahre ich. »Ich werde ihm gleich an den Kopf werfen, wo wir den Abholschein herhaben.«

»Na toll! Und dann macht er uns einen Kopf kürzer«, befürchte ich, worauf mir die Baronin ein mitleidiges Lächeln zuwirft. »Ich bin nicht ganz so hilflos, wie ich vielleicht aussehe, mein Junge. Soll ich dir mal zeigen, womit wir den Dieb unschädlich machen werden, falls er sich als Dieb entpuppt?«

Ich nicke. Die Baronin verschwindet in die Küche und kommt kurz darauf mit einem Tablett zurück. Darauf stehen eine Thermoskanne, ein Milchkännchen, eine Zuckerdose, drei Kaffeetassen mit Untersetzern und drei Teller mit Erdbeertorte und Sahne.

Sie stellt das Tablett auf den Couchtisch und schaut mich erwartungsvoll an. »Na, Benedikt? Was meinst du, womit ich den Kerl schachmatt setzen werde?«

»Schmieren Sie ihm die Sahne in die Augen und schlagen ihm dann das Tablett auf den Kopf?«

»Falsch geraten.« Sie zeigt auf die Thermoskanne. »Die hier wird ihn außer Gefecht setzen.«

»Was?« Ich springe vom Sessel und stemme die Hände in die Hüften. »Sind Sie verrückt geworden? Damit können Sie einen umbringen!«

»Keine Angst, ich will ihm damit nicht den Schädel spalten!«, beruhigt mich die Baronin. »In der Kanne ist Kaffee und in dem Kaffee ist was drin, verstehst du?«

»Schlaftabletten?«

Sie klopft mir auf die Schulter. »Gut geraten, Sherlock! Zwei Schlucke von dem Zeug und Herr Köpke schnarcht uns die Bude voll.«

Plötzlich klingelt es an der Tür.

»Der ist ja geradezu verdächtig schnell!«, flüstert die Baronin, ehe sie hinauseilt, um die Wohnungstür zu öffnen.

»Hereinspaziert!«, höre ich sie in freundlichstem

Ton flöten. »Der Anzug liegt im Wohnzimmer über der Sofalehne.«

Ein Hüne von einem Kerl taucht vor mir auf. Prompt muss ich an Herrn Ertekins Beschreibung des Einbrechers denken: ein Riese, mindestens zwei Köpfe größer als Murats Onkel. Er hat einen kantigen Schädel mit stoppelkurzen, schwarzen Haaren. Seine Arme sind fast so lang wie mein ganzer Körper und mit jeder seiner mächtigen Pranken könnte er zwei Medizinbälle zugleich aufheben.

»Tag!«, murmelt er, ohne mich richtig anzusehen, und übersieht dabei meine ausgestreckte Hand. Kaum hat er den Anzug entdeckt, greift er danach und klemmt ihn sich unter seinen linken Arm.

»Haben Sie es denn so eilig?«, fragt die Baronin und deutet auf das Tablett. »Wie wär's mit einer Tasse Kaffee und einem Stück Kuchen? Erdbeertorte, frisch gebacken!«

Und zwar in der Bäckerei um die Ecke. Die Baronin hasst Kochen und Backen, allerdings nur deshalb, weil sie keinen Geschirrspüler und keine Lust zum Abwaschen hat.

Der Riese zögert.

»Solche süßen Erdbeeren haben Sie bestimmt noch

nie probiert«, versucht ihm die Baronin die Torte schmackhaft zu machen.

Mit Erfolg! Herr Köpke grunzt etwas Unverständliches, lässt sich dann auf dem Sofa nieder und legt den Anzug über die Rückenlehne. Sofort gießt die Baronin den Kaffee ein, wobei sie mir heimlich zuzwinkert. Damit will sie mich wohl daran erinnern, dass ich meine Tasse auf keinen Fall anrühren soll. Seit wann glaubt sie eigentlich, dass ich so ein grausam schlechtes Gedächtnis habe? Hm, keine Ahnung. Mein Gedächtnis ist tatsächlich so grausam schlecht, dass ich mich nicht daran erinnern kann.

»Sie können sowieso noch nicht gehen«, sagt die Baronin und lässt sich in dem Sessel neben mir nieder. »Um diese Zeit treibt sich draußen auf dem Flur immer ein gefährlicher Killeropa herum.«

Herr Köpke, der gerade nach seiner Tasse gegriffen hat, stellt sie wieder hin. »Ein Killeropa? Was soll das heißen?«

»Dieser alte Mann ist total wahnsinnig!«, spinne ich drauflos, um auch mal zu Wort zu kommen. »Wenn ihm Leute über den Weg laufen, die er nicht kennt, dreht er völlig durch!«

»Und dann?«

»Dann fliegen die Fäuste!«

»Aber jetzt fliegen erst mal die Kaffeetassen«, mischt sich die Baronin ein. »Lassen Sie uns endlich einen Schluck trinken und den Kuchen probieren.«

Herr Köpke will nach seiner Tasse greifen. Doch da fällt mir ein, dass wir ja noch gar keinen Schimmer haben, ob er der Einbrecher ist. Wir können nicht einfach jemanden in Tiefschlaf versetzen, der vielleicht völlig unschuldig ist.

»Wollen Sie nicht wissen, woher wir den Abholschein haben?«, frage ich ihn.

Die Baronin wirft mir einen grimmigen Blick zu, während sich Herr Köpke am Kinn kratzt und sich erkundigt: »Woher habt ihr den Abholschein?«

»Gefunden«, antworte ich. »Im Wohnzimmer von Herrn Ertekin.«

»Von wem?«

»Von einem sehr erfolgreichen Orchideenzüchter«, sagt die Baronin. »Haben Sie noch nie von ihm gehört?«

Neugierig beobachten wir Herrn Köpkes Reaktion. Doch der schüttelt nur den Kopf. Anscheinend weiß er nicht, von wem die Rede ist. Warum sollte er sich auch die Namen der Leute merken, bei denen er einbricht?

»Sie kennen Herrn Ertekin nicht?«, hakt die Baronin nach und hebt ihre Tasse. »Er Sie aber. Oder waren Sie nicht letztens sein nächtlicher Gast?«

Herr Köpke schüttelt noch einmal den Kopf. Plötzlich nimmt er den Anzug und sagt: »Ich muss jetzt weg. Auf Wiedersehen!«

»Brechen Sie immer so hastig auf?«, sagt die Baronin und erhebt sich von ihrem Sessel. »Bei Herrn Ertekin sind Sie auch Hals über Kopf aus dem Wohnzimmer geflüchtet, als er Sie auf frischer Tat ertappt hat.«

»Reden Sie keinen Mist!«

Der Riese steht auf und will verschwinden. Die Baronin stellt sich ihm in den Weg.

»Hier geblieben!«, knurrt sie ihn an. »Wenn Sie abhauen, ohne meinen hervorragenden Kaffee gekostet zu haben, bin ich tödlich beleidigt.«

»Wenn Sie mich nicht sofort durchlassen, sind Sie ganz tot!«, droht der Einbrecher und reißt eine Pistole aus seiner Jacke. »Was wird hier eigentlich gespielt? Von der Polizei könnt ihr zwei Witzfiguren ja wohl nicht sein, oder?«

»Setzen Sie sich hin, Sie langes Elend, und bewaffnen Sie sich mit 'ner Kuchengabel! Wofür hab ich denn die Erdbeertorte gebacken, hä?«

Die Pistole scheint die Baronin kein bisschen zu beeindrucken. Mich aber! Von mir aus kann der Kerl ruhig verduften. Wegen einer Orchidee lasse ich mich doch nicht in einen Schweizer Käse verwandeln!

Auf Herrn Köpkes Gesicht erscheint ein ungemütliches Grinsen. »Wenn Sie versuchen mich aufzuhalten, werde ich Sie und Ihren kleinen Komplizen –«

In diesem Moment klingelt es an der Tür. Die Baronin will in die Diele gehen, aber der Einbrecher packt sie am Arm und hält sie fest.

»Sie setzen sich aufs Sofa!«, zischt er und nickt dann in meine Richtung. »Er wird öffnen und den Besucher abwimmeln.«

Die Baronin gehorcht. Als ich das Wohnzimmer verlasse, heftet sich Herr Köpke an meine Fersen und flüstert: »Komm bloß nicht auf die Idee, den Helden spielen zu wollen! Ich stelle mich hinter die Wohnungstür und höre jeden Mucks, den du von dir gibst, verstanden? Ein falsches Wort – und du bist dran!«

Mit zitternden Fingern greife ich nach der Klinke und öffne die Tür. Herr Hoffmann steht vor mir, einen Strauß Rosen in der Hand.

»Könnte ich vielleicht mal kurz mit der Frau Baronin sprechen?«

»Nein«, hauche ich, weil mir meine Stimme nicht richtig gehorcht.

»Warum denn nicht?«, wundert sich Herr Hoffmann. »Ist sie gerade unpässlich?«

»Ja.«

»Was ist denn mit deiner Stimme los, Benedikt? Bist du heiser?«

Wie kann ich Herrn Hoffmann ohne Worte mitteilen, dass ich nur wenige Zentimeter von ihm entfernt, nämlich direkt hinter der Tür, von einem Ganoven mit einer Pistole bedroht werde? Meine Arme und Hände und Beine darf ich nicht rühren, weil Herrn Köpke natürlich keine Bewegung von mir entgeht. Die Augen sind das Einzige, womit ich mich ausdrücken kann. Darum rolle ich sie verzweifelt hin und her. Herr Hoffmann runzelt die Stirn.

»Brauchst du etwa eine Brille?«, fragt er mich erstaunt. »Mit deinen Augen ist irgendwas nicht in Ordnung!«

»Sie können mich ja morgen untersuchen, Doktor Hoffmann!«, erwidere ich. »Und die Baronin auch. Wir brauchen mal wieder Ihre Hilfe.«

»Wobei?«

»Immer noch dieselbe Krankheit«, seufze ich und

spüre auf einmal die Pistole in meinem Rücken. Damit will mir der Einbrecher bestimmt nicht zu verstehen geben, dass ich mein Geplauder mit Herrn Hoffmann noch stundenlang fortsetzen soll.

»Auf Wiedersehen!«, sage ich schnell und knalle die Tür zu.

An Herrn Köpkes wütender Miene ist deutlich zu erkennen, dass er nicht besonders zufrieden mit mir ist. Er will etwas sagen, aber da klingelt es schon wieder. Herr Köpke zeigt mir mit einer Handbewegung an, dass ich die Tür öffnen soll.

Klar, es ist wieder Herr Hoffmann.

»Ich hab etwas vergessen, mein Junge!«

»Was denn?«

»Das hier!«

Mit voller Wucht tritt er gegen die Tür, die gegen Herrn Köpkes Schädel donnert. Der schreit auf, geht zu Boden und lässt dabei die Pistole fallen. Im Nu ist die Baronin zur Stelle und hebt sie auf.

»Darf ich vorstellen?«, ruft sie dem Einbrecher zu, der aus der Nase blutet. »Das ist Herr Hoffmann, der Killeropa!«

»Und wer ist dieser ächzende Herr auf Ihrem Teppichboden?«, fragt Herr Hoffmann schmunzelnd.

»Der Einbrecher, der Herrn Ertekins Orchidee geklaut hat«, antworte ich, worauf mich Herr Köpke mit großen Augen anglotzt und stammelt: »Die – die was? Ich hab überhaupt nichts gestohlen! Ehe ich den Safe knacken konnte, wurde ich gestört und bin abgehauen! Was für 'ne Idee soll ich geklaut haben?«

»Eine Orchidee«, antwortet die Baronin. »Ihre Märchen können Sie gleich der Polizei erzählen. Hören Sie jetzt sofort auf zu bluten! Sie ruinieren mir ja den Teppich!«

Sie rupft Herrn Hoffmann den Blumenstrauß aus der Hand. »Und Sie hören sofort damit auf, mir Geschenke zu machen! Wie oft soll ich Ihnen noch sagen, dass ich das nicht ausstehen kann?«

Die Baronin drückt mir die Rosen in die Hand. »Hier, für deine Freundin!«

»Ich hab keine Freundin!«, erkläre ich und gebe den Strauß an Herrn Hoffmann weiter.

Und der? Der hilft erst Herrn Köpke auf die Beine, überreicht ihm dann die Blumen und sagt: »Hier – für Ihre Zelle!«

Kapitel 8

Erst am nächsten Tag, also am Sonntag, machen die Baronin und ich uns auf den Weg zu Herrn Ertekin, um ihm das Ergebnis unserer Ermittlungen zu präsentieren. Gestern konnten wir uns nicht mehr dazu aufraffen. Und heute haben wir eigentlich keine große Lust dazu. Schuld daran ist das Ergebnis, das wir vorzuweisen haben. Es ist nämlich gleich null!

Nein, Herr Köpke hat die Orchidee nicht geklaut. Er heißt nicht mal Köpke, sondern Fischbach. Als wir im Altersheim auf die Polizei warteten, gestand er uns den Einbruch bei Murats Onkel. Aber er schwor hoch und heilig, dass er erstens nichts von dem Gewächshaus gewusst hat und zweitens sowieso nie im Leben auf die Idee gekommen wäre, eine Pflanze zu stehlen.

»Was soll ich denn mit ’ner Blume?«, wiederholte er

immer wieder. »Geld und Schmuck sind das Einzige, was ich mitgehen lasse.«

Als zwei Polizisten in der Wohnung auftauchten, staunten sie nicht schlecht: Ein Riese saß mit einem Rosenstrauß in der Hand und einem Anzug überm Arm auf dem Sofa und wurde von einer älteren Dame mit einer Pistole in Schach gehalten. Nachdem die Baronin den beiden erklärt hatte, worum es ging, wurde sie von einem der Polizisten entwaffnet.

»Das ist eine Schreckschusspistole«, stellte der Polizist nach einem Blick auf die Knarre fachmännisch fest. »Damit hätten Sie nicht mal eine Ameise erschießen können.«

»Die hätte ich auch garantiert nicht getroffen«, kicherte die Baronin.

Der Riese schüttelte fassungslos den Kopf. »Eine Schreckschusspistole?«, rief er entgeistert aus. »Und ich Idiot hab dafür einen Tausender hingeblättert!«

In der Straßenbahn nach Blankenese brechen die Baronin und ich in Gelächter aus, als wir uns an das total verdatterte Gesicht des Einbrechers erinnern.

»Also in diesem verrückten Fall geht wohl so ziemlich alles schief«, meint die Baronin. »Wir hatten zwei Verdächtige und beide haben nichts mit der Orchidee zu tun. Wir fangen einen Einbrecher, aber der hat gar nichts geklaut.«

»Jedenfalls nicht bei Herrn Ertekin«, ergänze ich. »Dafür wurde er von der Polizei wegen zwölf anderer Einbrüche gesucht.«

Die Baronin nickt. »Und dann bedroht uns dieser Ganove mit einer Pistole, die sich als Spielzeug entpuppt. Weißt du was, mein Junge? Wir sollten Herrn Ertekin vorschlagen, ein paar *echte* Profis mit der Suche nach Ophelia zu beauftragen. Oder hast du eine Idee, wie wir sie doch noch auftreiben könnten?«

Ich zucke die Schultern. »Vielleicht hätten wir von Anfang an die Finger von der Sache lassen sollen. Mit Blumen kennen wir uns halt nicht aus.«

»Aber mit Ganoven«, erwidert die Baronin. »Irgendwer muss ja die Orchidee gestohlen haben. Oder meinst du, sie ist aus dem Gewächshaus davongerannt, weil es ihr dort zu langweilig war?«

»Man kann nie wissen, wie Sie zu sagen pflegen.«

»Wie bitte? Das hab ich schon ewig nicht mehr gesagt. Und das werde ich auch nie mehr sagen.«

»Sind Sie sicher?«

Da lächelt sie schelmisch und antwortet: »Man kann nie wissen ...«

Als wir in der Nähe von Herrn Ertekins Villa aus der Straßenbahn steigen, werfe ich einen Blick auf die Uhr.

»Keine besonders günstige Zeit für einen Besuch«, gebe ich zu bedenken. »Vielleicht isst Herr Ertekin gerade zu Mittag.«

»Also doch genau die richtige Zeit! Oder hast du keinen Hunger?«

»Was? Sie wollen sich einfach so bei Herrn Ertekin zum Essen einladen? Sie sind wirklich unglaublich!«

»Ja: unglaublich hungrig!«

Kaum hat uns Frau Möller die Tür geöffnet, steigt uns der Duft von Schweinebraten und Bohnen in die Nase.

»Guten Tag!«, begrüßt uns die Haushälterin, die eine weiße Schürze trägt und mit einer silbernen Gießkanne bewaffnet ist. »Falls Sie zu Herrn Ertekin möchten, müssen Sie sich noch etwas gedulden. Ich habe ihm vor drei Minuten das Mittagessen serviert.«

»Das riecht man«, sagt die Baronin. »Ist zufällig noch was übrig von dem Schweinebraten?«

Frau Möller schüttelt bedauernd den Kopf. »Aber ich kann Ihnen ein paar Kekse anbieten, wenn Sie möchten.«

Fünf Minuten später sitzen wir in den dicken Ledersesseln am Kamin. Auf dem Tisch zwischen uns steht eine Kristallschale, auf der sich ein wahrer Keksberg türmt. Die Baronin und ich futtern um die Wette. Der Berg verliert erstaunlich schnell an Höhe.

Frau Möller, die am anderen Ende des Wohnzimmers die Blumen gießt, ruft zu uns herüber: »Na, schmeckt's?«

»Vorzüglich!«, antwortet die Baronin kauend. »Warum greifen Sie nicht selbst mal zu?«

»Gern!«

Die Haushälterin durchquert das Zimmer, nimmt einen Schokoladenkeks und beißt hinein.

»Wirklich lecker!«, meint sie lächelnd. »Die hat Bienchen richtig gut hingekriegt.«

»Bienchen?«, frage ich.

»Meine Tochter Sabine. Ich nenne sie Bienchen, weil sie so auf Blumen fliegt.«

»Ist sie denn jeden Sonntag allein zu Hause?«, erkundigt sich die Baronin.

»Leider«, seufzt Frau Möller. »Aber nur bis um drei, dann hab ich Feierabend.«

»Warum nehmen Sie Ihre Tochter nicht einfach mit hierher?«, wundere ich mich.

»Weil Herr Ertekin – na ja – wie soll ich sagen – er ist nun mal kein großer Kinderfreund«, windet sich die Haushälterin. »Bienchen ist zehn Jahre alt und ein richtiger Wirbelwind. Ich nehme sie nur mit, wenn Herr Ertekin nicht da ist. So wie vorletzten Freitag, als er zum Zahnarzt musste. Da war die Schule schon um zehn aus und sie durfte mir beim Backen helfen.«

»Kein großer Kinderfreund?« Die Baronin zieht eine Augenbraue in die Höhe. »Was soll das heißen?«

»Kinder dürfen seinen Pflanzen nicht zu nahe kommen«, verrät uns die Haushälterin. »Herr Ertekin hat nun mal wahnsinnige Angst um seine Blumen. Darum lasse ich Bienchen auch nur ins Gewächshaus, wenn ich sicher bin, dass Herr Ertekin sie dort nicht überraschen kann.«

»Dabei schwärmt sie doch so sehr für Blumen«, sagt die Baronin und greift nach einer Kokosmakrone. Sie beißt hinein und macht ein verzücktes Gesicht. »Bestellen Sie Ihrer Tochter einen schönen Gruß von mir! So hervorragende Kekse habe ich schon ewig nicht mehr gegessen.«

»Sie wird sich sehr freuen, das zu hören«, sagt Frau Möller. »So, ich schau jetzt mal nach, ob Herr Ertekin schon mit dem Essen fertig ist. Normalerweise schlingt er alles im Eiltempo hinunter, um so schnell wie möglich zurück zu seinen Blumen zu kommen.«

Sie verschwindet nebenan im Esszimmer und kommt postwendend zurück.

»Herr Ertekin möchte Sie gerne sprechen!«, verkündet sie in normaler Lautstärke und fügt dann etwas leiser hinzu: »Und versuchen Sie bitte ihn ein wenig aufzuheitern.«

Die trübe Stimmung, in der sich Murats Onkel befindet, ist auf den ersten Blick zu erkennen. Wie ein Häufchen Elend hockt er am Esstisch, vor sich einen vollen Teller mit Schweinebraten, Klößen und Bohnen. Anscheinend hat er das Essen gar nicht angerührt. Als die Haushälterin den Teller nimmt und mit ihm in die Küche verschwindet, wechseln die Baronin und ich einen enttäuschten Blick.

»Der Schweinebraten hätte mir auch kalt geschmeckt«, raunt mir die Baronin zu, ehe sie Herrn Ertekin begrüßt. Er verzieht keine Miene, als er uns tonlos auffordert, am Esstisch Platz zu nehmen.

»Sie haben Ophelia nicht gefunden, stimmt's?«, brummt er unwirsch und verschränkt die Arme.

»Nein«, antworten die Baronin und ich im Chor.

Sie erzählt ihm von unserem Besuch bei Herrn

Sievering. Und von der Sache mit dem Einbrecher. Herr Ertekin hört gar nicht richtig zu. Völlig weggetreten starrt er abwechselnd an die Decke oder zu den Blumen am Fenster.

Als die Baronin fertig ist mit ihrem Bericht, reagiert Herr Ertekin darauf mit endlosem Schweigen. Schließlich holt er ganz tief Luft und murmelt: »Wahrscheinlich lebt sie gar nicht mehr.«

»Wieso nicht?«, frage ich.

»Orchideen sind furchtbar empfindliche Blumen. Wenn sie nicht richtig behandelt werden, dann gehen sie ein.«

Sind das tatsächlich Tränen in seinen Augen?

»Ophelia hat bestimmt schon das Zeitliche gesegnet«, jammert er.

»Ich verstehe ja Ihren Kummer«, sagt die Baronin. »Aber Ophelia ist kein Mensch. Sie ist nur eine Blume. Darum sollten Sie vielleicht nicht ganz so geknickt –«

»Nur eine Blume?«, schreit Murats Onkel so laut, dass die Baronin und ich erschrocken zusammenzucken. »Wie reden Sie von meiner geliebten Ophelia? Sie haben doch nicht die leiseste Ahnung, was sie mir bedeutet hat. Wissen Sie, dass ich ihr mein Herz ausschütten konnte? Stundenlang habe ich mit ihr geredet

– über alles, was mir auf der Seele brannte. Nein, ich habe keine Orchidee verloren, Sie Dummschwätzerin! Als Ophelia verschwunden ist, ist auch das wichtigste Wesen auf der Welt für mich verschwunden!«

Er steht auf, geht hinaus und knallt wütend die Tür hinter sich zu.

»So ein Spinner!«, fauche ich. »Der hat ja wohl 'ne Schraube locker!«

»Allerdings!«

»Meinen Sie, er heuert jetzt einen richtigen Detektiv an?«

»Herr Ertekin braucht keinen Detektiv«, meint die Baronin giftig. »Er braucht einen guten Psychiater!«

Kapitel 9

Zehn Minuten später stehen wir an der Haltestelle und ärgern uns über Herrn Ertekin.

»Was für eine Unverschämtheit, uns so anzubrüllen!«, regt sich die Baronin auf. »Wir haben doch versucht seine Ophelia aufzutreiben. Dafür hätten wir keine lauten Worte verdient, sondern ein Stück vom Schweinebraten.«

»Der liegt jetzt bestimmt in der Mülltonne.«

»Sollen wir mal nachschauen?«, flachst die Baronin. »Aber das wäre zwecklos. Frau Möller hat ihn sicher eingepackt und bringt ihn ihrer Tochter mit.«

»Waren die lecker, die Plätzchen!«, schwärme ich. »Und sie schmeckten ganz frisch, obwohl sie schon vorletzten Freitag gebacken wurden.«

»Wie war das?« Die Baronin reißt die Augen auf. »Vorletzten Freitag?«

Ich nicke – und weiß in diesem Moment genau, welcher Gedanke der Baronin gekommen ist. »Sie meinen –«

»Jawohl, ich meine! Wir brauchen die Adresse! Und einen Vorwand für unseren Besuch.«

»Und einen Ort, wo wir uns anderthalb Stunden aufhalten können«, füge ich hinzu. »Sie hat erst um drei Uhr Feierabend und ist frühestens um halb vier zu Hause.«

»Was hältst du von Schweinebraten? Ich lade dich ein!«

Das Restaurant, in dem wir uns zum Essen niederlassen, heißt *Zum roten Husaren.* Die zwei Portionen, die uns dort aufgetischt werden, sind so gigantisch, dass man damit eine ganze Armee satt kriegen könnte.

»Mir platzt gleich der Bauch!«, ächzt die Baronin, als wir das Lokal verlassen. »Kannst du mich bitte zum nächsten Taxistand rollen?«

Sie entscheidet sich dann doch dafür, ihr Handy zu zücken und ein Taxi zu rufen. Nachdem wir eingestiegen sind, ruft sie bei Herrn Ertekin an. Der verrät ihr die Adresse, zu der uns der Fahrer bringen soll. Danach bittet er die Baronin um Verzeihung für sein Geschrei im Esszimmer. Sie ist so gnädig, seine

Entschuldigung anzunehmen. Mit einem zufriedenen Lächeln lässt sie das Handy in ihrer Handtasche verschwinden.

»Wenn sich dieser Verdacht ebenfalls in Luft auflöst, war das unser letzter Fall!«, verkündet sie anschließend. »Dann schlage ich meine Zeit nur noch mit Verbrechern und Mördern aus Krimis tot!«

Das Haus, vor dem wir aus dem Taxi steigen, ist genauso grau und hoch wie die Häuser daneben und gegenüber. Ohne Nummern an den Haustüren würden die Leute vermutlich nicht mehr zurück in ihre Wohnungen finden. Ein verkrüppelter, schwach belaubter Baum steht neben einer Litfaßsäule. Ansonsten keine Spur von Natur.

»Benedikt?«, schreit jemand auf der anderen Straßenseite. »Was willst du denn hier?«

Ich fahre herum. Murat? Was will der denn hier?

Da kommt er schon angelaufen. Höflich schüttelt er der Baronin die Hand. Mich hingegen begrüßt er mit einem Boxhieb auf den Oberarm.

»Ich war zum Mittagessen bei meiner Tante Fadime eingeladen«, erzählt er uns gut gelaunt. »Die wohnt direkt um die Ecke. Darf ich mal fragen, was ihr hier wollt?«

Ich verziehe das Gesicht. »Darfst du. Fragt sich nur, ob du 'ne Antwort darauf kriegst.«

»Wir haben leider keine Zeit für große Erklärungen«, mischt sich die Baronin ein. »Dein Freund und ich müssen jemanden besuchen.«

»Wen denn?«, will er wissen.

»Erzähle ich dir morgen in der Schule!«, schnaube ich.

»Raus mit der Sprache!«, fordert Murat. »Wer wohnt denn hier in dem Haus?«

»Ein Mädchen, in das Benedikt verknallt ist!«, schwindelt die Baronin. »Und jetzt lass uns bitte allein!«

Wenn sie gedacht hat, Murats Neugier mit dieser Lüge zu befriedigen, hat sich die Baronin mächtig getäuscht! Mein Freund glotzt mich total entsetzt an und stammelt: »Ver-ver-verknallt? In ein – ein Mädchen? Ein Mä-mä-mädchen, das nicht Bianca heißt?«

Obwohl die Baronin und ich eisern schweigen, löchert uns Murat gnadenlos mit Fragen.

Plötzlich platzt der Baronin der Kragen.

»Schluss jetzt!«, zischt sie genervt. »Du treibst uns noch in den Wahnsinn mit deinem Gequatsche! Du kannst ruhig mit nach oben kommen, wenn du willst.

Aber vorher versprichst du mir, dass du erst wieder die Klappe aufmachst, wenn ich es dir erlaube.«

»Versprochen!«, sagt Murat ohne zu zögern und grinst mich triumphierend an.

Die Baronin drückt auf die Klingel. Zum Glück gibt es keine Sprechanlage, darum können wir auch nicht abgewimmelt werden.

Im Treppenhaus hält sich Murat tatsächlich an sein Versprechen und gibt keinen Mucks von sich. Doch als wir oben im vierten Stock ankommen, wo Frau Möller zusammen mit ihrer Tochter Sabine in der offenen Tür steht, zeigt er auf das Mädchen und macht den Mund auf. Ich ramme ihm schnell meinen Ellenbogen in die Rippen.

»Guten Tag, Frau Möller!«, begrüßt die Baronin die verdutzte Haushälterin. »Ist das Ihre Tochter? Ich muss sie dringend um die Rezepte für die herrlichen Kekse bitten! So was Leckeres hat sich mein Lebtag noch nicht in meinen Gaumen verirrt. Hast du die wirklich selbst gebacken?«

Das Mädchen lächelt schüchtern: »Ich hab nur geholfen.«

»Kommen Sie doch herein!«, sagt Frau Möller. »Ich kann Ihnen die Rezepte gerne aufschreiben.«

»Sehr freundlich von Ihnen.«

Wir folgen Frau Möller und ihrer Tochter ins Wohnzimmer, wo Murat und ich uns auf dem Sofa niederlassen, während Frau Möller und die Baronin es sich in den beiden Sesseln bequem machen. Sabine wird von ihrer Mutter in die Küche geschickt, um Apfelsaft und Limonade und ein paar Gläser zu holen.

Kaum ist sie weg, will Murat wieder etwas sagen. Diesmal warne ich ihn mit einem strengen Blick. Ich weiß genau, was er loswerden möchte: dass Sabine unheimlich toll aussieht. Sie hat lange, blonde Haare und blaue Augen. Wenn sie dreißig Zentimeter groß und aus Plastik wäre, könnte man sie glatt mit einer Barbiepuppe verwechseln.

Frau Möller unterhält sich mit der Baronin übers Backen. Ich schaue mich im Wohnzimmer um. Auf der Fensterbank stehen vier Blumen, aber keine davon ist eine Orchidee.

Sabine kommt mit einem vollen Tablett zurück und stellt vor Murat und mich zwei Gläser und eine Limo hin.

»Danke, Bienchen!«, sagt ihre Mutter, worauf Murat ein leises Summen hören lässt. Mein Ellbogen macht mal wieder einen kurzen Abstecher zu Murats Rippen.

»Ist euch beiden nicht zu langweilig?«, fragt die Baronin, nachdem wir einen Schluck Limo getrunken haben. »Warum geht ihr nicht in Sabines Zimmer und spielt Mensch-ärgere-dich-nicht?«

Murat, Sabine und ich brechen gleichzeitig in Gelächter aus.

»Oder irgendein anderes Spiel«, sagt Frau Möller. »Die Baronin und ich möchten uns gerne noch ein bisschen unterhalten.«

»Wir können uns ja meine neue CD anhören«, schlägt Sabine vor.

Ich bin einverstanden. Murat auch. Oder bedeutet sein heftiges Nicken nur, dass er seine Nackenmuskeln nicht mehr unter Kontrolle hat?

Auf dem Weg in Sabines Zimmer halte ich Ausschau nach weiteren Blumen. Ich werfe auch einen Blick in die Küche, wo ein einsamer Kaktus am Fenster steht.

Sabines Zimmer ist winzig. Da wir nicht wissen, wo wir uns hinsetzen sollen, hocken wir uns im Schneidersitz auf den Teppichboden.

Sabine wirft eine CD ein, drückt auf *Start* und setzt sich aufs Bett. Die Musik ist so leise, dass ich verwundert frage: »Sind die Boxen kaputt?«

»Wie kommst du darauf?«

»Ich höre ja kaum was von der Musik.«

Das blonde Mädchen lächelt. »Über mir wohnt Frau Heinze, eine alte Dame, auf die ich Rücksicht nehmen muss. Sie ist nämlich nicht nur meine Nachbarin, sondern auch meine beste Freundin.«

»Aha.«

Murat hat nach der CD-Hülle gegriffen und wird auf einmal knallrot. Ich schaue ihn fragend an. Er schluckt und drückt mir die Hülle in die Hand. O Gott: *Hits zum Schmusen* heißt die CD! Was hat Sabine mit uns vor?

»Was ist denn mit deinem Freund los?«, fragt das Mädchen. »Hat er Fieber?«

»Wieso?«

»Weil er so rot ist wie meine Bettdecke. Geht's ihm nicht gut? Ich hab einen Erste-Hilfe-Kurs gemacht. Falls er ohnmächtig wird, kann ich ihn mit einer Mund-zu-Mund-Beatmung retten.«

»Mein Freund ist kerngesund!«, versichere ich ihr, obwohl Murat soeben leichenblass geworden ist. »Er braucht keine Hilfe.«

»Und warum kann er nicht für sich selbst sprechen?«, wundert sich Sabine. »Ist er stumm?«

»Ja – äh – gewissermaßen. Er – er hat sich vorhin auf die Zunge gebissen und die ist jetzt so taub, dass er sie nicht bewegen kann. Darum kann er im Moment nicht reden. Und küssen kann er übrigens auch nicht«, füge ich schnell hinzu, wofür mir Murat einen dankbaren Blick zuwirft.

»Keine Angst, das hatte ich auch nicht vor«, erklärt Sabine und fährt mit zwei Fingern durch ihre blonde Mähne. »Ich höre zwar gerne Schmusehits, aber Schmusen mit Jungs finde ich ekelhaft.«

»Ich auch.«

»Und Schmusen mit Mädchen?«, fragt sie kichernd.

»Das meine ich doch!«, knurre ich.

Weil ich endlich zur Sache kommen will, sehe ich mich in dem kleinen Zimmer um und bemerke erstaunt: »Nanu! Du hast ja gar keine Blumen im Zimmer. Deine Mutter hat uns erzählt, dass du ganz verrückt nach Pflanzen bist.«

»Das stimmt auch«, seufzt sie. »Früher hatten wir mal einen ganz tollen Garten. Aber als wir aus unserem Haus ausziehen mussten –« Sie zuckt mit den Schultern. »Blumen im Zimmer sind nicht dasselbe wie Blumen auf der Wiese.«

»Du machst dir also nichts mehr aus Pflanzen?«

»Doch, natürlich! Wenn ich schöne Blumen sehe, dann – dann –« Sie zuckt wieder mit den Schultern.

»Meine Lieblingsblumen sind Orchideen«, behaupte ich nicht ganz wahrheitsgemäß.

»Echt?«

Bilde ich mir nur ein, dass Sabines Augen aufleuchten?

»Ja«, fahre ich fort. »Ich wollte mir schon immer mal eine anschaffen, aber Orchideen sind so verteufelt schwer zu pflegen. Das Wasser, mit dem sie gegossen werden, darf nicht zu kalt und nicht zu heiß sein. Und die Menge muss natürlich auch stimmen. Außerdem ist die Zimmertemperatur enorm wichtig. Und die Erde muss ab und zu gedüngt werden, natürlich mit dem richtigen Dünger. Wenn das alles nicht genauestens beachtet wird, geht die Orchidee nach wenigen Wochen ein.«

Die letzten Sätze hat mir die Baronin eben beim Mittagessen eingetrichtert. Ihr Wissen stammt aus einem Buch über Blumen, das ihr Herr Hoffmann geliehen hat.

Und Sabine? Die ist von meinen Ausführungen nicht sonderlich beeindruckt. Statt darauf einzugehen fragt sie nur: »Soll ich eure Limogläser holen?«

Ehe ich darauf antworten kann, öffnet Frau Möller die Tür und kommt zusammen mit der Baronin ins Zimmer.

»So, ihr beiden, wir brechen auf!«, sagt sie zu Murat und mir, worauf wir uns vom Teppich erheben. »Frau Möller war so freundlich, mir die Keksrezepte aufzuschreiben.«

Beim Abschied im Flur schütteln wir uns alle die Hände. Warum wird denn Murat schon wieder so rot? Jetzt braucht er doch keine Schmuseattacke mehr zu befürchten.

Nachdem Frau Möller die Tür hinter uns geschlossen hat, schaut mein Freund die Baronin flehend an. Er kann sein Mundwerk wohl keine Sekunde länger im Zaum halten.

»Na gut, zwei Sätze erlaube ich dir!«, sagt die Baronin und steuert auf die Treppe zu.

»Ihr seid hier wegen der verschwundenen Orchidee, stimmt's?«

»Stimmt!«, antworte ich.

»Und du bist gar nicht in Sabine verknallt, stimmt's?«

»Stimmt.«

»Ich aber«, gesteht Murat verlegen. »Soll ich dir sagen, wieso?«

»Nein!«, entgegnet die Baronin an meiner Stelle. »Das war jetzt schon der vierte Satz.«

»Und außerdem müssen wir uns jetzt wieder um unseren Fall kümmern.« Ich halte die beiden am Arm fest, weil wir im dritten Stock angekommen sind. »Wir bleiben hier stehen und warten.«

Die Baronin schaut mich neugierig an. »Hast du was rausgefunden?«

»Kann sein. Ich hab ihr erzählt, wie empfindlich Orchideen sind.«

»Und sie?«

»Sabine hat schnell das Thema gewechselt – ein bisschen zu schnell, finde ich. Wenn sie gleich zu ihrer Nachbarin geht, sollten wir dort mal klingeln.«

Die Baronin erkundigt sich nach dem Grund dafür. Ich kann ihr nicht genau sagen, wieso ich mir einbilde, die beiden könnten unter einer Decke stecken.

»Findest du es etwa verdächtig, dass ein junges Mädchen mit einer alten Frau befreundet ist?«, fragt die Baronin lächelnd.

Ehe ich darauf antworten kann, fällt im Stockwerk über uns eine Tür ins Schloss. Wir spitzen die Ohren und hören Schritte auf der Treppe. Kurz darauf fällt wieder eine Tür ins Schloss.

Die Baronin und ich halten Kriegsrat. Ich bin dafür, der alten Frau Heinze ganz vorsichtig auf den Zahn zu fühlen. Es könnte ja sein, dass mein Verdacht völlig grundlos ist. Die Baronin dagegen will auf die harte Tour in Erfahrung bringen, ob Sabines Nachbarin etwas mit der Orchidee zu tun hat oder nicht.

»Auf die harte Tour«, wiederhole ich. »Was soll das bedeuten? Wollen Sie die arme Frau so lange in den Schwitzkasten nehmen, bis sie ein Geständnis ablegt?«

»Unsinn!« Die Baronin öffnet die Handtasche und zückt ihren Büchereiausweis. »Ich würge keine alten Damen. Los, kommt!«

Wir steigen hinauf in die fünfte Etage, wo ich auf die Klingel von Frau Heinze drücke.

Es dauert eine halbe Ewigkeit, bis die Tür geöffnet wird. Sabines Freundin ist etwas kleiner als ich und etwa zwanzig Jahre älter als die Baronin. Mit heiserer Stimme krächzt sie: »Ja, bitte?«

Die Baronin hält ihr den Büchereiausweis vor die Nase und schnauzt die Frau förmlich an: »Kripo Hamburg! Ich bin Kommissarin Stöver. Wo ist die Orchidee?«

Schon beim ersten Wort ist die winzige Frau Heinze noch ein Stückchen geschrumpft. Nach dem letzten

Wort schwankt sie so sehr, dass sie sich an der Türklinke festhalten muss.

Die Baronin bleibt hart. »Leugnen ist zwecklos!«, fährt sie mit strenger Miene fort. »Wenn Sie nicht im Knast landen wollen, rücken Sie die Orchidee wieder raus!«

Neben Frau Heinze taucht plötzlich Sabine auf. Mit Tränen in den Augen haucht sie leise: »Meine Nachbarin hat nichts mit dem Diebstahl zu tun.«

Prompt erscheint ein freundliches Lächeln auf dem Gesicht der Baronin. »Ich weiß«, sagt sie zu Sabine. »Du bist die Diebin, hab ich Recht?«

»Ja.«

»Nein!«, brüllt Murat.

»Doch!«, sagt Sabine.

Und dann fällt sie der alten Frau Heinze um den Hals und schluchzt drauflos.

Kapitel 10

Eine Stunde später sitzen wir in der Straßenbahn. Alle vier. Sabines Mutter wollte nicht mitfahren. Sie glaubt, Herr Ertekin wird sie fristlos entlassen, wenn er hört, wer seine Ophelia gestohlen hat. Ehrlich gesagt glaube ich das auch. Und die Baronin ebenfalls.

Nur Murat ist anderer Meinung. Er darf wieder reden. Er muss sogar reden, wenn wir gleich bei seinem Onkel reinschneien. Vielleicht schafft er es, Herrn Ertekin den Diebstahl so zu erklären, dass er nicht allzu böse auf Sabine und ihre Mutter ist.

»Ich mach das schon«, versucht er Sabine immer wieder zu beruhigen, die ihm mit verweinten Augen gegenübersitzt. »Mein Onkel wird schon keinen Tobsuchtsanfall bekommen.«

»Ich fürchte doch«, widerspricht die Baronin. »Für

ihn ist Ophelia keine Blume, sondern die große Liebe seines Lebens. Wusstest du, dass er sich sogar mit ihr unterhält?«

Murat, der beim Wort Liebe mal wieder knallrot angelaufen ist, schüttelt den Kopf. Am liebsten würde ich ein paar Witze darüber machen. Schließlich muss ich mir auch immer dumme Sprüche anhören, weil mir Bianca nicht ganz so gleichgültig ist wie die anderen Mädchen aus unserer Klasse. Aber im Moment bin ich voll und ganz damit beschäftigt, Ophelia festzuhalten. Mit beiden Händen umklammere ich den Blumentopf auf meinem Schoß und lasse die Orchidee keine Sekunde lang aus den Augen. Sie ist so außergewöhnlich schön, dass sie von jedem bewundert wird, der an meinem Sitz vorbeikommt.

Eben bei Frau Heinze hat uns Sabine gestanden, wie es zu dem Diebstahl gekommen ist. Eigentlich weiß sie selbst nicht so genau, warum sie die Blume mitgenommen hat. Sie fand sie einfach unwiderstehlich! Und darum schnappte sie sich Ophelia, ohne lange zu überlegen, versteckte sie in ihrer Schultasche und brachte sie zu ihrer alten Nachbarin. Der schwindelte sie vor, sie hätte die Blume von Herrn Ertekin geschenkt bekommen.

»Wir müssen aussteigen!«, ruft Murat und springt auf.

Schweigend verlassen wir die Bahn. Auf dem Weg zu Herrn Ertekins Haus fängt Sabine wieder an zu weinen.

»Ich mach das schon«, wiederholt Murat zum tausendsten Mal.

»Und wie, bitte schön?«, fragt die Baronin. »Willst du nicht lieber die Blume sprechen lassen?«

Da bleibt Murat wie angewurzelt stehen, grinst von einem Ohr zum anderen und sagt: »Ja, genau! Das ist 'ne Superidee! Los, Beeilung!«

Er geht weiter, und zwar im doppelten Tempo. Die Baronin und ich schauen ihm verdattert hinterher. Sabine schnieft.

»Er macht das schon«, muntere ich sie auf. »Auf Murat ist Verlass!«

»Seit wann?«, murmelt die Baronin.

Ein ungeduldiger Murat wartet auf uns vor der Haustür seines Onkels. Bevor er auf die Klingel drückt, beschwört er die Baronin und mich: »Unterbrecht mich nicht, okay? Vorhin bei Sabine musste *ich* die Klappe halten. Jetzt dürft *ihr beide* ein paar Schweigeminuten einlegen, kapiert?«

Er klingelt. Es dauert eine Weile, bis uns ein bedrückter Herr Ertekin die Tür öffnet. Als er seine geliebte Blume entdeckt, blüht er förmlich auf.

»Heute ist dein Glückstag, Onkel Aygün!«, schreit Murat, rupft mir Ophelia aus den Händen und gibt sie Herrn Ertekin. »Die zwei Superspürnasen haben deine verschwundene Orchidee aufgetrieben. Aber du solltest nicht nur ihnen dankbar sein, sondern auch Sabine. Das ist dieses wunderschöne Mä– äh – ich meine, das ist die Blonde hier neben mir. Du kennst sie doch, oder? Sabine ist die Tochter von Frau Möller. Am Freitag vor einer Woche, als du zum Zahnarzt musstest, war sie hier und machte auch einen Abstecher ins Gewächshaus. Und weißt du, was dort passierte? Ophelia quatschte sie an. Jawohl! Als Sabine an ihr vorbeiging, meinte sie: *Nimm mich mit!* Klar, Sabine wollte nichts davon wissen. Aber Ophelia hörte einfach nicht auf zu betteln. *Ich muss mal hier raus!*, jammerte sie. *Das Einzige, was ich hier sehe, sind Blumen. Ich brauch mal 'ne kleine Abwechslung, sonst gehe ich noch ein!* Tja, und das wollte Sabine unbedingt verhindern. Darum hat sie deine Ophelia mitgenommen. Aber als sie heute erfuhr, wie sehr du darunter leidest, dass Ophelia weg ist, wollte sie dir die Orchidee wieder zurückbringen. Doch stell dir vor: Ophelia fühlte sich so wohl in ihrer neuen Umgebung, dass sie unbedingt noch etwas länger dort bleiben wollte. Weißt du was, Onkel? Deine Orchidee ist 'ne treulose Tomate! Sabine hat Ophelia klargemacht, wie sehr du an ihr hängst. Und wie sehr du durchhängst, seit sie verschwunden ist. Das hat Ophelia so gerührt, dass ihr fast die Tränen gekommen sind.«

»Und wenn sie nicht gestorben ist, dann flennt sie noch heute!«, knurrt Herr Ertekin, der abwechselnd seine Orchidee und seinen Neffen angestarrt hat. »Warum sagst du nicht die Wahrheit?«

»Welche Wahrheit?«

»Dass Sabine die Blume so schön fand, dass sie ihr nicht widerstehen konnte. Wenn das so gewesen wäre ...

»Genauso war es!«, gibt Sabine mit weinerlicher Stimme zu.

»– dann fände ich das sehr verzeihlich«, beendet Herr Ertekin seinen Satz.

Murat reißt die Augen auf. »Du verzeihst ihr also, Onkel?«

»Aber nur, weil Ophelia kein Härchen gekrümmt

wurde«, sagt Herr Ertekin und lächelt Sabine an. »Du bist eine richtige Blumenfreundin, stimmt's?«

Sabine kann nur nicken, weil sie wieder in Tränen ausgebrochen ist, diesmal wahrscheinlich vor Erleichterung.

»So, und jetzt kommt endlich rein!«, fordert uns Herr Ertekin auf. »Ophelias Rückkehr muss gefeiert werden.«

Er geht voran. Die Baronin und ich folgen ihm. Hinter mir höre ich Murat Sabine fragen: »Na, was hab ich gesagt? Ich mach das schon! Hab ich zu viel versprochen?«

Sabine antwortet nicht darauf. Jedenfalls nicht mit Worten. Das Geräusch, das ich stattdessen höre, könnte glatt ein Kuss gewesen sein.

»Aaaaaah!«, brüllt Murat plötzlich total entsetzt.

Aha: Sabine hat ihn tatsächlich geküsst!